―書き下ろし長編官能小説―

# まぐわい村の義姉

九坂久太郎



竹書房ラブロマン文庫

# 目次

この作品は、竹書房ラブロマン文庫のために
書き下ろされたものです。

# 第一章　熟れ巫女の秘密の儀式

## 1

とある神社の本殿——障子《しょうじ》は閉め切られ、薄紙に透《す》けた午後の日差しが建物内を柔らかく照らしている。

その板張りの間に、寺岡拓弥《てらおかたくや》は立たされていた。

それも、全裸で。

拓弥の前には、一人の女が床に膝をつき、片手には小さな壺を持っている。彼女もまた、一糸まとわぬ姿を晒《さら》していた。

女が小さな壺を傾けると、中から液体がトロトロと垂《た》れてくる。金色に透き通った

それをもう片方の掌《てのひら》に溜めると、拓弥の陰茎に塗《ぬ》りつけていった。陰茎は、これ以

上なく充血し、力感をみなぎらせて反《そ》り返っている。

液体のぬめりは、女の掌のなめらかさを引き立て、ただ塗りつけるだけの行為がたまらぬ愉悦《ゆえつ》をもたらした。肉棒のあらゆるところをまんべんなく、裏筋や雁首《かりくび》の溝に至るまで丁寧に塗り込まれていく。

湧き上がる快美感に思わず屹立《きつりつ》が震えた。

「ううっ……そ、それ、なにを塗っているんですか？」

「神前に一晩お供《そな》えして、霊を宿していただいた油です。大丈夫、元はただの菜種油ですから、身体に害はありません」

女の名は梅宮幸乃《うめみやゆきの》。この神社を一人で管理しているという巫女《みこ》だった。

細面《ほそおもて》に美しい切れ長の瞳。澄んだ表情には神職としての威厳が籠《こ》もっている。

年齢は四十歳と聞いている。十九歳の拓弥にとっては母親にも近い年齢だが、大学で見かける若い女たちにも負けないほど——いや、それ以上に魅惑的だった。

充分に熟《う》れた身体は、腰にも太腿《ふともも》にもたっぷりと脂《あぶら》が乗っている。

しかしウエストや足首などの要所はしっかりと締まっていて、年齢によって崩れた印象は欠片《かけら》もなかった。首筋から肩、背中や脇腹など、身体の細部に至るまで美しい官能曲線を描いている。

そしてなにより拓弥の目を引くのは、その胸である。

驚くほどの大きな肉房が、彼女の腕の動きに合わせて静かに揺れていた。片方の肉房だけでも、彼女の顔よりさらに大きい。ＡＶでもなかなかお目にかかれない爆乳である。朱色の突起は心なしか下を向いているが、このサイズなら無理もないことだ。

肉棒が隅《すみ》から隅までヌルヌルになると、幸乃は己《おのれ》の股間にも油を塗り込んでいった。水飴をこねるような音が、神聖な空間の静寂《せいじゃく》を乱していく。

神に奉仕する女が、己の指を膣穴に差し込み、抽送《ちゅうそう》を繰り返しているのである。

「んっ……」

彼女の顔は至極真面目だが、頬《ほお》は仄《ほの》かに色づいていて、ときおり艶《なま》めかしく眉根を寄せる――。

その様子に、拓弥は鼻息を荒らげた。若勃起《わかぼっき》が震え、早くも鈴口《すずぐち》からカウパー腺液が溢《あふ》れ出す。やがて幸乃は壺を置き、仰向《あおむ》けで床に横たわった。

「準備ができました。さあ、来なさい」

幸乃は両膝を立て、拓弥に向かってそっと股を開く。女の中心、ヌラヌラと濡れ光る女陰が開帳される。

（おお……オ、オマ×コだ）

初めて見る、本物の女性器。拓弥は童貞だった。

艶《なま》めかしい美脚の狭間《はざま》におずおずと身を置く。ひざまずいて女の陰部に目を凝《こ》らし、しばし我を忘れる。

そこには一本の毛も生えていなかった。

爛熟《らんじゅく》した女体の中で、そこだけが幼女のようにつるりと剝《む》き出しになっている。

巫女には恥毛を剃《そ》る決まりでもあるのだろうか？　わからないが、アダルトな魅力に満ち満ちている全身とのギャップが、なおさら男心をくすぐった。秘裂に咲く大振りの花弁がますます卑猥《ひわい》に見える。

（ネットで無修正のアソコは見たことあるけど、やっぱり実物は迫力が違うな……）

割れ目の中の媚肉《びにく》は、まるで生き物のように蠢《うごめ》いていた。

ゆっくりと閉じたり開いたりを繰り返している膣口は、早く入ってきなさいと囁きかけているようである。

拓弥はゴクリと唾《つば》を飲み込んだ。障子越しに響いてくる蟬《せみ》の大合唱が童貞男子の心を搔《か》き乱《みだ》す。緊張感が胸の内で荒れ狂う。

「ほ、ほんとにこれが儀式なんですか？　そもそも〝成人の儀式〟って、普通は二十歳でするものなんじゃ……」

「昔からのしきたりなのです。この村では、子供は皆、十六歳で大人の仲間入りをします。あなたはもう十九歳なのでしょう？　だったら——ぐずぐずしていないで、早く始めなさい」

巫女からの叱責を受け、拓弥は慌てて腰を進めた。

正常位で結合に挑む。幸乃の指が陰茎をつまんで膣口に誘ってくれた。亀頭が肉の窪地にぴたりと嵌《は》まる。

張り裂けそうな心臓の鼓動を感じつつ、拓弥は腰に力を込めた。

次の瞬間、驚くほどの柔軟さで膣門は拡張し、ヌルリと肉棒を呑み込む。

「はうっ」

「ああっ……は、入った」

菜種油のおかげで挿入はスムーズに成し遂げられた。ただ差し込んだだけで、想像を遙かに超える愉悦がペニスを駆け抜け、食い縛った歯の隙間から思わず呻《うめ》き声が漏《も》れる。

（アソコの中って、こんなに気持ちいいのか……！）

未知の快感は、童貞喪失の感動をさらに高ぶらせた。充分なぬめりを帯びた肉がペニスに張りつき、裏筋を始めとする牡《おす》の急所を甘やかに擦《こす》る。膣路の締めつけはなかなかのものだ。

その内部の温かさたるや、まるで熱い湯船のようだった。すぐにペニスは芯まで熱せられる。血流が増し、怒張のレベルがもう一段上がった。

「んっ……さあ、動きなさい。やり方はわかりますね？」

「は、はい、なんとなく……」

かつてＡＶで観たことを思い出し、おずおずと抜き差しを始めてみる。

途端《とたん》に、手淫《しゆいん》とは比べものにならぬ愉悦が肉棒を襲った。でこぼこした膣襞《ちつひだ》との摩《ま》擦《さつ》快感に多量のカウパー腺液をちびり、脳裏には早くも射精の予感がよぎる。

女の脚を両脇に抱え——というよりは、その脚にしがみついて、拙《つたな》いピストンを続けた。なにかにすがっていないと、瞬《また》く間にオルガスムスの淵に沈み込んでしまいそうだった。

一方、巫女の幸乃は、深い呼吸をゆっくりと繰り返しながら、拓弥の顔を静かに見つめ続けている。

「どうですか、初めての性交は？」

「と……とっても気持ちいいです。すぐに出ちゃいそう……」

「構いません。いつでも好きなときに果ててしまいなさい」

「は、はい……でも、なんというか、申し訳ないです」

幸乃の額にはうっすらと汗が浮かび、頬は色っぽく赤らんでいる。

が、その表情は平静そのもの。とてもセックスをしている女の顔には見えなかった。

粛々《しゅくしゅく》と儀式を行っている巫女の顔である。

「……すみません、下手くそで」と、拓弥は謝った。

「これは儀式ですから、そんなことは気にしなくていいのです」

幸乃は、もしかしたら慰めてくれたのかもしれない。が、表情の変化は特になく、しかも淡々とした口調では、その真意はうかがい知れなかった。

「さあ、余計なことは考えないで、もっと精一杯、腰を動かしなさい。あなたが果てるまで儀式は終わりませんよ」

「ううっ、わ……わかりました」

拓弥としては、こんな気持ちのいい儀式ならいつまでも続けていたい。

しかし、童貞を卒業したばかりの拓弥に、熟成した女肉の感触をじっくりと味わっている余裕はなかった。

「ウッ……お、おおッ」

射精感が不意に沸き立ち、慌てて腰のストロークを止める。

あと少しで臨界点を超えるところだった。深呼吸をし、高ぶった心と身体を落ち着けようとする。が、美熟の巫女はそれを許さない。

「どうしたのです、疲れてしまったのですか？　ほら、もっと気持ち良くしてあげますから、休んでないで頑張りなさい」

彼女の下腹の筋肉が大きくうねった。

その刹那《せつな》、膣穴の圧力が一気に高まる。特に膣口の収縮は凄まじく、ペニスの根本を食いちぎらんばかりの勢いで締め上げてきた。

「うおっ……ちょ……それ、やめっ」

拓弥の哀訴は聞き届けられない。幸乃が息を詰めて下腹に力を込めるたび、ギュギュッ、ギューッと、膣穴は肉棒を搾《しぼ》り上げた。

（も……もう、駄目だ……！）

繰り返される膣圧の波は、激しくも甘美にペニスを翻弄《ほんろう》する。もはや、じっとしていても射精は時間の問題だろう。多少なりとも有終の美を飾るため、拓弥は全力のピストン運動に励んだ。

「んっ……そ、そうです。その調子で頑張りなさ……いッ」

大きなストロークで、肉棒の根本まで差し込む抽送。ズンッズンッと、膣路の終点に亀頭を打ちつけると、巫女の表情が初めて艶めかしく歪《ゆが》んだ。

だが、そのときにはもう、拓弥の射精感は引き返せない領域に突入していた。

それでもがむしゃらに、快感を堪《こら》えに堪《こら》え、嵌め腰を叩きつける。

そしてとうとう前立腺が決壊した。焼けるような感覚が尿道を駆け抜ける。

「出るっ……く、ウウウッ!!」

オナニーとは別次元の絶頂感が全身を貫《つらぬ》き、おびただしい量のザーメンが鈴口から噴き出した。

目がくらむほどの快感に、まるで発作の如く、腰が勝手に打ち震える。

「ああっ、凄いわ……いっぱい出てる……」狐目を優しく細める幸乃。だが、次第に顔色が変わる。「え……ま、まだ終わらないのっ？」

「すみません、止まらないんです……！」

一回、二回、三回、四回――射精の律動は続いた。

魂を搾り出しているような気分だった。やがて痙攣《けいれん》も治まり、最後の白濁液《はくだくえき》をピュッとちびると、拓弥は大きな溜め息をこぼす。

羽目板の床に尻餅をつくと、膣穴から肉棒がズルリと抜け落ちた。

ゼエゼエと喘《あえ》ぎながら、童貞卒業の感慨に耽《ふけ》る。

(夢でも見てるみたいだ。まさか巫女さんに筆下ろしをしてもらえるなんて)

まるでAVやエロ漫画のようだ。これが現実とは未だに信じがたい。

平凡だった拓弥の人生は、今、大きく変化していた。

それは生まれ故郷の村、八《や》つ俣《また》村にたどり着いたときから始まっていた——。

## 2

真夏の陽気が続く八月のある日のこと。時刻は午後三時を過ぎた頃。

寺岡拓弥は、終着点に停車したバスから降りた。車内の冷房に慣らされていた身体へムシムシとした熱気が絡《から》みつく。

思わずウッと呻く。だが、懐かしい暑さだった。

(おお、覚えているもんだ。この景色、ほとんど変わってないなぁ)

久しぶりの帰郷。新幹線と電車を乗り継ぎ、合わせて五つの府と県をまたいできた。

さらにバスに乗って、都市部から離れた山深い奥地にたどり着く。

七歳のときまで拓弥が住んでいた村——八つ俣村だ。

(父さんと母さん……僕がこの村に戻ってきて、怒っているかな)

今年の五月に、拓弥は両親を一度に亡くした。交通事故だった。

その両親は、どういうわけか八つ俣村のことを嫌っている様子だった。拓弥が八つ俣村の思い出話をすると、普段は温厚な父親の機嫌がみるみる悪くなった。母親も怖い顔で睨みつけてきて、理由を尋ねることすらできない空気だった。

それでも、この村のことを、今日まで拓弥が忘れたことはない。

八つ俣村には、初恋の女性がいたから。当時、隣の家に住んでいた年上の女性に、幼い拓弥は好意を抱いていたのだ。

(小春《こはる》姉さん……会えるといいけど)

本当はもっと早く里帰りしたかった。しかし、両親が許してくれなかった。母親は泣きそうな顔で、お願いだから八つ俣村のことは忘れてちょうだいと、すがるように言った。あの顔を思い出すと、今でも胸が痛む。

だがもう、その両親はいない。四十九日も終わり、大学の前期授業も終了した。今は夏休みである。

多少の罪悪感はあるが、独りぼっちになってしまった寂《さび》しさもあって、とにかく小春に会いたかった。大学の前期テストがなければ、我慢できずにもっと早く来ていたかもしれない。

県名と村の名前から、スマホの地図アプリで検索すると、山あいの細長い谷に見覚えのある集落が見つかった。今、こうして景色を確認して、間違いなかったことにほっとする。

ただ、十二年も経てば、多少は記憶も曖昧《あいまい》になっている。地図アプリの航空写真を頼りに、かつての自宅へと向かった。

住宅の集まっている場所を抜けると、田畑に沿った道に出る。視界を遮《さえぎ》るものがなくなり、どこまでも広がる青空が目に飛び込んでくる。

拓弥は胸を躍らせて、スマホのカメラで写真を撮った。夏空の下で農作業にいそしむ人たちの姿もぽつりぽつりと写り込んだ。

地図アプリの衛星写真を見ると、村のあちこちに住宅の寄り集まっている場所がある。新たな集合地にたどり着くと、そこがかつての我が家があった場所だ。

むろん、今では知らない家が建っている。しかし、その隣には——小春のいた静間《しずま》家が記憶のままにたたずんでいた。インターホンで小春の母親に挨拶をする。彼女は、まあ懐かしいと言って、玄関から出てきてくれた。

両親が事故で亡くなったことを告げ、お悔やみの言葉を頂いた後、小春について尋ねる。拓弥の恋心など知らぬ彼女は、あっけらかんとこう言った。

「小春はねぇ、お嫁に行っちゃったのよ」

あれから十二年経ち、記憶が正しければ今の彼女は三十二歳。結婚している可能性は充分あるだろうと思っていたが、いざ現実となるとやはりショックで、拓弥はがっくりと肩を落とす。すると、

「あら、そんなに気を落とさなくても大丈夫よ。お嫁に行ったたって言っても、同じ村の中でのことだから」

「あ……そ、そうなんですか」

この村には多島《たじま》家という旧家があり、小春は、その家に嫁入りしたのだそうだ。

多島家――なんとなく覚えている。確か村一番のお金持ちだったはずだ。

「小春姉さん、いつ頃、結婚したんですか？」

「拓弥くんちが引っ越してから二年後くらいだったかしらねぇ。まさか、それからたったの三年で旦那さんが亡くなっちゃうとは思わなかったわよ」

「え……亡くなった？」

そうなのよ――と言って、小春の母親は複雑そうな表情を見せた。なんでも旦那さんは、仕事を頑張りすぎたせいで体調を崩してしまい、それでも無理を続けて、とう

とう帰らぬ人になってしまったのだという。

未亡人となった小春は、今も多島家にいて、義理の叔母と共に暮らしているそうだ。

小春の母親は溜め息をつき、まだ若いんだから、籍を抜いて再婚すればいいのにねぇ
——と、ぼやく。

賛同を求めてくるような視線に苦笑いで応え、拓弥は尋ねた。

「そうですか。あの、今から僕が会いに行っても……大丈夫でしょうか？」

「もちろんよ。小春もきっと喜ぶわ。あの子ね、拓弥くんがいなくなってから、そりゃあ寂しそうにしていたのよ」

小春の母親は、多島家の屋敷があるところを教えてくれた。バス停を挟んだ反対側の方向で、歩いて四十分ほどの距離だった。

「ありがとうございます。じゃあ、行ってみます」

今来た道を戻って、バス停まで引き返す。それからまた、地図アプリを見ながら歩いていった。

(小春姉さんが結婚……しかも後家さんに……)

なんともショックだが、それでもまだ村にいてくれたのはありがたかった。

逸《はや》る足で多島家へと向かう。やがて背の高い真っ白な塀が見えてきた。子供の頃は

この辺りまで来たことがなく、初めて見る風景である。白壁の塀は遥か先まで続いていた。

（凄い……ほんとにお金持ちなんだな。とんでもないお屋敷だ）

時代劇に出てくるような大きな門を見上げ、感嘆の声を上げた。門の脇にインターホンを見つけ、何度か深呼吸をしてから、震える指でボタンを押す。

しばらくして、若い女性の声がスピーカーから響いた。

『はい、どちら様ですか？』

それは小春の声ではなかった。「あ、あの、寺岡拓弥といいます。静間……じゃない、多島小春さんはおられますか……？」

『はぁ……少々お待ちください。今、お呼びいたします』

しばらく待つ。すると、ガラガラと扉が開くような物音が聞こえた。

そして足音が迫ってくる。潜《くぐ》り戸が勢い良く開き、女性が飛び出してきた。

一目で拓弥は気づく。小春姉さんだ！

目尻の垂れ下がった、穏やかで優しそうな瞳。微《かす》かに膨《ふく》らんで、少女らしい愛らしさを残している唇。昔と変わらぬチャームポイントだ。

そして三十代となった彼女には、年齢にふさわしい大人の雰囲気が加わり、その顔は昔以上の美貌となって拓弥の胸をときめかせる。

「こ、小春姉さん……あの」

「拓弥さん——まあ、本当に拓弥さんなのですね？」

広げた両腕で思いっ切り抱き締められた。

首元へ両腕を巻きつけるハグ。ブラウスを張り詰めさせている豊かな胸元に拓弥の顔が埋められる。衣服越しにも伝わってくる柔らかな感触——。

幼い頃はなんの遠慮もなくこの膨らみに甘えていたが、今はさすがにそうもいかなかった。少々名残《なごり》惜しくもあるが、いったんハグを解いて再会の挨拶をする。

「久しぶりだね、小春姉さん。また会えて嬉しいよ」

「私も……ああ、夢のようです。拓弥さんにもう一度会えるなんて。あの小さかった拓弥さんが、こんなに立派に……」

さながら生き別れの姉弟が辛苦を乗り越えて巡り会えたかのよう。

(良かった……十二年待って、やっと会えたんだ)

潤《うる》んだ瞳で微笑《ほほえ》む小春が、屋敷の中に案内してくれる。多島家の屋敷は、その塀や門にふさわしい荘厳な日本家屋だった。

柱の一本、瓦の一枚に至るまで深い趣《おもむき》があり、平屋《ひらや》造りでありながら、高層ビルにも劣らぬ存在感がある。拓弥はすくみそうになりながら彼女の後ろを歩き、玄関に入って、大きな座敷まで通された。

「外は暑かったでしょう。今、冷たいものを用意しますね」

クーラーが利《き》いているわけではなかったが、障子を開け放った室内は、思った以上に涼しかった。ひさしのおかげで夏の日差しが届かないし、心地よい風が風鈴を鳴らしながら流れてくる。

拓弥が座布団の上でくつろいでいると、麦茶の入ったコップを盆に載せて、小春が戻ってきた。彼女と一緒に見知らぬ人たちがやってきたので、拓弥は慌てて居住まいを正す。綺麗な着物を身につけた、二人の初老の女性だ。

「拓弥さん、こちらは私の叔母の藤緒《ふじお》さまと孝緒《たかお》さまです」

小春は拓弥の隣に、そして二人の女性は拓弥と向かい合って座る。

多島藤緒と孝緒――その容貌に拓弥は驚いた。二人とも、まるっきり同じ顔をしていたのだ。双子だ。

女性は髪型や化粧の仕方でずいぶんと印象が変わるが、この二人はあえて同じようにしているみたいだった。しかも皺《しわ》のつき方までよく似ている。あまりにそっくりなので、CG合成の映像を見ているような気分になった。

「叔母様がた、こちらは私の実家のお隣に住んでいた寺岡拓弥さんです」

双子の女性が、同じタイミングでにっこりと微笑んだ。

「ああ、寺岡さんのところの坊やですか。覚えていますよ。ねえ、孝緒さん」

「ええ、藤緒さん。十年ほど前に引っ越していったご家族ですよね」

目尻や口元の皺から、彼女たちの年齢は五十代の後半くらいと思われる。しかし上品に整った顔立ちは、人としての美しさを充分に保っていた。若い頃も、さぞや美人だったのだろう。

藤緒と呼ばれた方の女性が言った。「私たちの顔がそんなに気になりますか?」

「あ……す、すみませんっ」つい無遠慮に眺めてしまった。

もう片方の、孝緒と呼ばれていた女性が頬を緩《ゆる》める。「いいんですよ、慣れていますから。お察しのとおり、私たちは双子の姉妹です」

「私が姉です」と、藤緒が言った。

「私が妹です」と、孝緒が言った。

そして藤緒が尋ねてくる。「それで……なにか用事があってこの村に?」

本人を目の前にして、小春に会いたかったからとは言えなかった。「い、いいえ、用事ってほどのことじゃないんですけど……大学が夏休みに入ったので、懐かしい生まれ故郷の風景が見たくなりまして」

「まあ、拓弥さん」小春がぽんと手を叩く。「もう大学生なんですね。どうりで立派なはずです」

「あ、いや、でも一浪しちゃいましたけどね。ハハハ」

「まあ……で、でも、その分、たくさん努力したってことですから、やっぱり立派です。私はそう思いますよ」

困ったような顔をしつつ、それでも優しく微笑む小春。

それを見て、拓弥は嬉しくなった。昔もよく彼女に褒《ほ》めてほしくて、いろいろと頑張ったものである。

（八つ俣村までやってきて本当に良かった。もし小春姉さんに会えなかったら、日帰りでもいいかって思っていたけど——）

これなら一泊程度で帰るのはもったいない。拓弥は、四、五日ほど村に滞在していきたいと告げた。かつての実家はもうないが、それなりの宿泊費は用意してきた。

「この辺りに泊まれるようなところはありませんか？　できれば、あまり宿代が高くない方がいいんですけど……」

するると小春が申し訳なさそうに首を振る。

「拓弥さん、残念ですが、この村には旅館も民宿もないんですよ」

「え……そ、そうなんですか？」

昔は一軒だけあったらしいが、あまりに客が少ないので、数年前にとうとう廃業してしまったそうだ。

拓弥の母親はこの村の生まれだったはずだが、親類の話は聞いたことがない。母方の祖父母は、拓弥が物心ついたときにはもう亡くなっていた。宿泊施設もなく、泊めてくれそうな人もいないのでは――すわ、日帰りか？

が、そこで双子の姉妹がありがたい提案をしてくれる。

「この屋敷に泊まってはいかがですか？」

その誘いに、拓弥より先に小春が喜びの声を上げた。

「まあ！　よろしいのですか、叔母様がた？」

「構いませんよ。部屋はいくらでも空いていますから。ねえ、孝緒さん」

「ええ、藤緒さん。今では私たち三人しか住んでいない寂しい屋敷です。お客さんが泊まってくれれば、少しは賑やかになるというものでしょう」

拓弥にとっては渡りに船。しかも憧れの小春と同じ屋根の下で寝泊まりできるとなれば、願ったり叶《かな》ったりだ。是非お願いしますと、その申し出に飛びつく。

早速、拓弥は、屋敷の離れに案内された。離れといっても母屋と完全に分離しているわけではなく、長い廊下で繋《つな》がっていた。十畳と十二畳の二間《ふたま》が続いている座敷は、昔から多島家の大事なお客を泊めるのに使っていたそうである。

床の間に飾ってある掛け軸には一本松の風景画が、その横に設置された屏風《びょうぶ》には優雅に空を舞う鶴の姿が、素人でもわかるほどの見事な筆遣いで描かれていた。どちらも高価なものだろうと思われたので、なるべく近寄らないことにする。

「夕食までくつろいでいてください。あ、もし良かったら先にお風呂にしますか？今日も暑かったから、いっぱい汗をかいたでしょう」

拓弥が屋敷に泊まると決まってから、小春はクリスマスイブの子供もかくやとばかりにウキウキしていた。

拓弥は、彼女の目を盗んで、そっと己の腋《わき》の下を嗅いでみる。Ｔシャツのその部分は確かな匂いを漂《ただよ》わせていた。

「う、うん、じゃあ、お風呂を頂こうかな」

「わかりました。では案内しますね。いつでも入れる二十四時間風呂なんですよ」

着替えを持って、拓弥は小春の後に続く。

随所に歴史を感じさせる造りの屋敷だが、浴室はなかなかに現代的だった。それでいてレトロな雰囲気もあり、この屋敷と上手く調和している。数年前に改装したのだそうだ。

壁は檜《ひのき》の板張り。床の石は冷たくはなく、不思議な温かみがある。

一人になると、拓弥は素っ裸になり、どうぞ使ってくださいと渡された手拭《てぬぐ》いでしっかりと全身を洗った。それから、ゆっくりと湯船に浸《つ》かる。ぬるめの湯が心地良く、自然と吐息が漏れた。

天井近くに窓があり、湯船から見上げるとちょうど青空を眺めることができた。これが夜なら、きっと綺麗な星空が見られることだろう。

(なんだか旅館のお風呂に入っているみたいだ。ただで泊めてもらっちゃって、ほんとにいいのかな)

と、隣の脱衣所に、再び小春がやってきた。ガラス戸越しに、お湯加減はいかがですかと話しかけてくる。

「ちょうどいいです。ありがとうございます」

「そうですか。あ、着ていたものはこのまま置いておいてください。明日、洗濯しますので」

小春にパンツを洗ってもらうのは恥ずかしかったが、彼女は「いいんですよ、遠慮しないで」と言い、拓弥の躊躇《ためら》いを押し切った。

それから、いかにも楽しそうにクスッと笑う。

「なんだか、いろいろ思い出しちゃいました。昔は、よく一緒に入りましたね」

「あ……そ、そうでしたね」

拓弥も思い出す。まだ幼稚園児だった頃、わざわざ夜になってから隣の静間家へお邪魔し、小春と風呂に入ることをねだったものだ。

我ながら早熟だったのだろう。当時、高校生だった小春は、すでにメロン大の胸の膨らみを持っていた。拓弥は湯船に浸かりながら、小春が身体を洗う姿を、泡に包まれた巨乳がたぷたぷと揺れる様《さま》をじっと眺めていたのだ。

股間に茂る三角形の秘毛が、湯に濡れてヴィーナスの丘にぴったりと張りついている様子も、少年の目を引いた。

だが、時間を忘れるほどに見ていたかったのはやはり胸元だ。そのせいで湯あたりしそうになったことも一度や二度ではなかったような。

(凄かったよな、小春姉さんのオッパイ……今でも相変わらずみたいだけど)

先ほど抱き締められたときのことを思い出す。

拓弥の顔が、谷間にほとんどすっぽりと埋まっていた。彼女の胸の果実は、昔よりもさらに実っている。人妻になって、毎晩夫に揉《も》まれたからだろうか。

「あ、そうだ、拓弥さん」

「え……な、なに？」

「久しぶりに背中を流してあげましょうか？」

からかっているわけではなさそうである。彼女は昔から天然気質というか、ときどき少し抜けていることがあった。

「い、いや、結構です。遠慮しますっ」

卑猥なことを考えていたせいで、湯船の中の陰茎はじわじわと充血しつつある。こんな姿を初恋の女性に見せるわけにはいかなかった。

拓弥が断ると、

「あ……そ、そうですね、拓弥さんももう子供じゃないんだし……ごめんなさい、私、なにを言っているのかしら」我に返ったように恥ずかしがる小春。「わ、私、夕食の準備を手伝ってきますね」

あたふたと小春は脱衣所から出ていった。最後に一言、こう言い残して。

「せっかく拓弥さんが戻ってきてくれたんですもの。今夜はご馳走です」

その晩——多島家の夕食はとても美味《おい》しかった。

大半はお手伝いさんが作ったものらしいが、中には小春が作ってくれた料理もあった。その味を褒めてあげると、小春は顔を真っ赤にしてはにかんだのだった。

## 3

一夜明け、拓弥は母屋で朝食を頂いていた。

慣れない部屋、小春に会えた興奮で、昨夜はあまり寝られなかった。しかし心の高揚が続いているおかげで特に眠気も感じない。食欲も旺盛で、二杯目のご飯をよそってもらう。

多島家の三人の女たちも一緒だった。食事が終わると、双子の姉の藤緒が〝成人の儀式〟について話しだす。拓弥の記憶にはなかったが、この村には、十六歳を迎えた男子が受ける儀式があるそうだ。

「せっかく里帰りしたのだから、受けてきてはどうですか？」

村外れの神社――八つ俣神社で、その儀式は行われるという。

「はぁ……でも僕、もう十九歳ですけど」

「三年遅れでも構わないでしょう。あなたは村の外にいて、儀式を受けられなかったのですから。ねえ、孝緒さん？」

「ええ、ええ、藤緒さん。昨夜のうちに連絡は入れておきましたから、八つ俣神社の巫女さんが準備をしてくれているはずです。拓弥さんが行けば、すぐに儀式をしてくれるでしょう」

「え……そ、そうなんですか。けど、儀式ってなにをするんでしょう？」

「さあ、わかりません。儀式を受けられるのは男だけですから」

藤緒が首を振り、孝緒がそれに頷《うなず》く。

拓弥は、目顔で小春に尋ねた。しかし彼女も知らないという。

「成人の儀式の内容は、みだりに他人に話してはいけないらしいんです。でも、なにか危ないことをするわけじゃないと思いますよ。それで怪我をしたという話は聞いたことがないですから」

「そうなんだ。ふぅん……」

まったく興味が湧かないわけでもない。が、なんだか嫌な予感がした。たとえ怪我はしなくても、なにかしら大変な思いをするのではないだろうか？

とはいえ、すでに準備までしてくれているのなら、行かないのは申し訳ない。

「……わかりました。じゃあ、後で行ってみます」

拓弥がそう言うと、双子の二人の女は満足げに微笑んだ。

その日の午後、小春に八つ俣神社まで連れていってもらうことにした。屋敷の裏側の道を少し行くと、村を囲む山の一つに突き当たる。入り口に鳥居が立っていて、そこから石畳の参道が続いていた。

周囲の高い木々が日光を遮っているおかげで、思いの外、参道は涼しい。山の奥からときおり流れてくる風はひんやりとすら感じた。

十分ほど歩くと石段にたどり着く。その先に朱塗りの大鳥居が堂々とそびえ、こちらを見下ろしていた。三十段ほどの石段を、二人でゆっくりと上っていく。

「ふう……あの向こうが境内《けいだい》？」

「はい、そこに本殿があります。巫女の梅宮さんが儀式を行ってくれるはずです」

八つ俣神社には神主がおらず、巫女が一人で神社を管理し、祭事のすべてを執り行っているそうだ。

「巫女の梅宮さんって、どんな人？」

「梅宮幸乃さん、確かお年は四十だったかしら。自分にも他人にも厳しくて――ちょっと怖い人です」と、小春は言った。「けれど、本当は優しくて、親切で、それにとても綺麗な人ですよ。いつも凛《りん》とした物腰で、女の私でもよく見惚《みと》れちゃいます」

「ふぅん……小春姉さんと比べたら、どっちが綺麗だと思う？」

「え……わ、私なんてそんな……」とんでもないと言わんばかりに、小春はブンブンと首を振る。「も、もちろん梅宮さんの方ですよ」

「本当に？　小春姉さんより綺麗だなんて信じられないなぁ」

初恋の人と再会できた喜びは、未だ拓弥を高揚させていた。大学では、同じ学科の女子にも声をかけられない有様だが、今は自分でも信じられないくらいにすらすらと言葉が出てくる。

「十二年前の小春姉さんも美人だったけど、今の小春姉さんはもっと綺麗だよ」

「えっ……た、拓弥さんったら、なにを……」

「思い出ってだいたい美化されるものだけど、現実の姉さんは、記憶の中の姉さんよりもさらに綺麗になっていて、僕、昨日は本当に驚いたんだ。だから、小春姉さんより綺麗な人がいるなんて考えられないな」

少々調子に乗りすぎかもしれないが、嘘偽《いつわ》りない賛美の言葉をたたみかける。

「ま……待って、待ってくださいっ。やだ、そんな、拓弥さんったら、もう」

小春はあたふたと慌ててふためいた。真っ赤になった頬を掌で押さえ、

「ああっ……どうしよう、私、そんなこと言われたら……お、お世辞ですよね？　わかってます……けど……こ、困っちゃう、困っちゃいます……」

右に左に身をよじる。三十二歳の彼女が、少女のように恥ずかしがっていた。

しかしおっとりとした天然気質の小春には、そんな仕草がちっとも不自然ではない。愛らしさと、なんともいえぬ色気が、絶妙に混ぜ合わさっている。

（小春姉さん、可愛いなぁ）

拓弥は、好きな子を困らせて喜ぶ小学生男子の気分に浸《ひた》りつつ、石段を上りきった。

そして神社の境内に足を踏み入れる。

御神木と思われる二本の巨大な杉が二人を出迎えた。その奥に、本殿と小さな社務所があった。

社務所もなかなかに古びた建物だったが、本殿の方はそれを遙かに超える時代を感じさせた。屋根の緑色はだいぶ黒ずみ、柱も壁もすすけている。

だが、その朽ち具合が、建物を周囲の自然と一体化させ、不思議な神々しささえ生み出していた。立ち止まって、しばらく眺める。写真を撮ろうかとポケットの中のスマホに手をかけたとき――

本殿の障子戸が静かに開き、巫女装束の女性が中から現れた。

「寺岡拓弥さんですね？　待っていました。さあ、お入りなさい」

この人が梅宮幸乃だろう。離れて見てもかなりの美人だとわかった。四十歳らしい落ち着きがありつつ、芯のしっかりとした力強さ、若々しさも兼ね備えている。一つ結びにしたロングヘアがいかにも巫女らしい。

「あ……どうも、よろしくお願いします」

歩いて近づいていくと、細部に至るその美しさが理解できた。端正な細面。厳格な性格を裏付けているような、少し吊り上がった切れ長の瞳。すっと筋の通った鼻梁《びりょう》。どことなく狐を想像させる美貌である。

「小春さん、あなたはお帰りなさい」と、幸乃は言った。どうやら女性は、儀式を見ることも許されていないらしい。

「それじゃあ……拓弥さん、頑張ってくださいね」

儀式が気になるのか、いかにも後ろ髪を引かれている様子で、小春は帰っていった。

拓弥は、幸乃に尋ねる。「あの、儀式ってなにをするんでしょうか？　御神酒《おみき》を飲むとか？」

違いますと、首を振る幸乃。「少々時間はかかりますが、そう難しいことではありません。早速始めましょう」

幸乃の指示を受け、まずは本殿の前に立って、二礼二拍手一礼。

その後、本殿の中に入る。板張りの間の奥に神棚があり、中央に円鏡、左右に榊《さかき》の枝を差した一対《つい》の白い瓶、そして塩や米を盛った小さな台などが置かれている。

床に用意されていた座布団で、彼女と向かい合って座った。

「では――まず、この村の名前の由来を語りましょう。故郷の歴史を知っておくのは大事なことですよ」

かつてこの村は、今とは違う名前で呼ばれていたという。山と山の谷間にあるから山谷村という、実にわかりやすい名前だったそうである。

五百年ほど前の室町時代、この村を囲む山の向こうにちょうど国境があり、そこでは領土争いが絶えなかったという。

あるとき、若き武士が、軍勢を率いてこちら側に攻めてきた。それは隣国の砦を守る領主の息子だった。

しかし若武者の軍は敗北し、敵国に深く攻め込みすぎた彼は、たった一人で山中に逃げ込むこととなった。やがて食べ物も飲み物も尽き、もはやこれまでかと覚悟を決めたとき――偶然、この村の人間と出会ったのだそうだ。

純朴な村人たちは、それが隣国の武士とも知らず、彼を迎え入れた。よそとの交流もほとんどない村だったので、若武者の存在はどこにも伝わらなかった。

若武者は絶世の美男子というわけでもなかったが、どういうわけか村の女たちから好かれた。八人いた村の若い娘が、こぞって若武者と情を交わした。娘たちは毎晩のように若武者の仮住まいに忍んでいったという。

そうなると面白くないのは村の男たちである。そんなとき、敵国の武士がこの辺りの山に逃げ込んだという噂が、ついに山谷村まで伝わってきた。

村の女たちは若武者をかばおうとしたが、男たちはこれ幸いと若武者の寝床を襲って、数を頼りに彼を殺してしまう。そしてその首を役人に突き出したのだった。

村は褒美をもらえたが、山谷村の女たちは嘆き悲しんだ。八人の娘の中からは、後を追って自害するものまで現れた。娘たちは皆、若武者の子供を身籠もっていた。

すると、娘が一人自害するたび、村にあった井戸が一つ、また一つと、涸《か》れていったという。

娘たちの無念が井戸を涸らしたのか、それとも悪霊と化した若武者の怨念か。

村には川が流れていたが、井戸の次は川が涸れるかもしれない。そうなれば、すべての田は干上がり、多くの餓死者が出るだろう。

村人たちは恐れおののいた。これが呪いなら、とにかく若武者の霊を鎮《しず》めようと、犬猫の如き扱《あつか》いで埋めていた首なし死体を丁重に埋葬し直す。自害した八人の娘たちの墓も一緒に並べてやり、これを明神として崇《あが》め奉った。

するると、涸れていた井戸に再び水が湧き出したという。

「その後、この八つ俣神社が建てられ、村の名前も八つ俣村に変わったのだそうです。わかりましたか？」

「はあ……」

若武者が村の娘を八つ股にかけたから八つ俣明神——ということらしい。ずいぶんと不名誉な名前に思える。よく若武者の霊が鎮まったものである。

拓弥は恐る恐る尋ねた。「あの……本当にそんなことがあったんですか？」

「どういう意味ですか？」

「いや、その、なんだかお伽話《とぎばなし》みたいだなって思って……」

「この神社に保管されている書物に、そう書いてあるのです」

幸乃はジロリと睨みつけてくる。それから咳払いをし、こう付け加えた。

「信じるか信じないかは、あなた次第です」

まるで都市伝説のように話を締められてしまった。ますます胡散臭《うさんくさ》く思えてくるが、巫女の鋭い視線に威圧され、それ以上の追求はできなかった。

「わ、わかりました」

「よろしい。それでは今からいよいよ儀式の本番に入ります。覚悟はいいですね？」

「は……はい」

どうやら覚悟が必要なことだったらしい。拓弥は、心の中で悲鳴を上げるが、しかし、この期《ご》に及んで、嫌です帰りますとは言えない性格だった。どうか痛いことではありませんようにと祈るばかりである。

厳《おごそ》かに幸乃は頷く。そして、こう告げた。

「では、服を脱ぎなさい」

「えっ……？」

戸惑う拓弥に構わず、幸乃はおもむろに立ち上がる。

躊躇うことなく自らの腰の紐をほどいた。鮮やかな緋色《ひいろ》の袴《はかま》から両脚を引き抜く。

男の目など気にもならないとばかりに、帯を外して白衣を脱いだ。身につけているものが減るたび、巫女という神聖な存在が淫《みだ》らなものへと近づいていく。

そして、襦袢《じゅばん》の腰紐もほどき、前を開いた。

和装の女性は下着を着用しない――というのはよく聞く噂であるが、彼女は確かにブラジャーやパンティを着けてはいなかった。

代わりに、胸元には白い布が包帯のように巻かれていた。ある意味、ブラジャー以上にがっちりと女の膨らみをガードしている。

ただし股間は剝き出しだった。三角の秘部が堂々とさらけ出されている。

突然の巫女のストリップに唖然《あぜん》としていた拓弥は、頭の中に浮かんだことをそのまま口に出した。

「や、やっぱり下着はない方がいいんですか……？」

「ええ。といっても、着付けを良くするためにこうしているわけではありません」

今は着付けに影響しにくい下着がいくらでもあるらしい。しかし、彼女はあえてそういうものを使っていないのだそうだ。

「巫女の修行の一環で、なるべく現代のものに頼らない生活を心がけているのです」

幸乃が隠そうともしないので、拓弥もついつい見てしまう。驚いたことに、彼女の股間には一本の毛も生えていなかった。

それも巫女の修行のうちなのだろうか？　気になったが、質問することはできなかった。裸体を露《あら》わにした巫女が先に尋ねてくる。「あなた、十九歳と聞いていますが、女を抱いた経験はありますか？」

「な、ないです」

「それはちょうどいいです。女の身体を知って大人の男になるのが、この村の〝成人の儀式〟ですから」

幸乃は胸元に巻きつけた白い布をくるくると外していった。

「その、胸に巻いているのは……？」

「これはさらしです。私は胸が大きいので、こうやって押さえ込んでいるのです」

さらしがすべてほどけると、拓弥はまた目を見張ることとなる。

思いも寄らぬ爆乳が中から現れたのだ。あの小春よりもさらに大きそうだった。

（き、気づかなかった。こんな凄いオッパイが隠されていたのか。Ｉカップ、Ｊカップ――いや、それ以上かも）

熟成しきった女体を眺め、思わず嘆息が漏れる。

上から下まで柔らかそうな肉に包まれており、それでいて締まるところはしっかりと締まっていた。巫女としてのストイックな日常が、女の美しさを絶えず磨《みが》き上げているのかもしれない。

（さっきの話しぶりだと、儀式っていうのは、要するに僕とこの巫女さんが……）

全身の血が沸騰する。小春への想いを忘れてしまったわけではないが、こんなに扇情的な肢体を見せられて、牡の本能を抑《おさ》え込めるわけもなかった。幸乃が巫女装束をたたんでいる間に、Ｔシャツとズボンを脱ぎ捨てる。

ボクサーパンツの前は大きなテントを張っていた。一息にパンツをずり下ろすと、肉の巨砲がブルンと飛び出す。

まあ──と、幸乃が驚きの声を上げた。拓弥の股間を真っ直《ます》ぐに見つめてくる。

本物の裸の女を、衝撃的なエロボディを目の当《まあ》たりにして、拓弥のペニスはかつてないほどに怒張していた。十八センチ近くの肉棒が赤黒く色づき、血管を浮かび上がらせてヒクヒクと脈動している。

やがてハッと我に返った幸乃は、微かに頬を赤らめ、コホンと咳払いをした。

「こ、これは、しっかりとした準備が必要ですね」

幸乃は神棚から七、八センチの小さな壺を取ってくる。

片手に持ち、もう片方の掌の上でそれを傾けると、淡い黄金色の液体がトロリと滴り落ちた──

## 4

──拓弥はハッと我に返る。巫女と繋がり、彼女の中に大量の精を注ぎ込んでいる自分に一瞬戸惑う。そうだ、僕は〝成人の儀式〟を受けていたんだっけ。

初めてのセックス、初めての膣内射精。その激悦と感動で忘我の境に入った拓弥は、八つ俣村にやってきてからのことを、さながら白昼夢の如《ごと》く回想していたのだ。

長い射精が終息し、出せるだけの精液を放ち尽くすと、冷たい板間に尻餅をつく。絶頂の名残を味わいながら呼吸を整えた。

(セックスって、こんなに凄いものだったんだ)

彼女の方はそれほど気持ち良さそうではなかったが、それも仕方がないだろう。なんといっても自分は童貞だったのだから。

経験豊富と思われる熟れ女を相手にして三擦《みこす》り半《はん》で暴発させなかった。それだけで上出来である。結果に満足し、心から礼を述べる。

「ありがとうございます。とっても良かったです。一生の思い出になると思います」

すると、股を広げたまま横たわっていた幸乃が、ゆっくりと身体を起こした。

狐のように吊り上がった瞳がじっと見つめてくる。たじろぐ拓弥が身を引くと、その分だけ彼女がにじり寄ってくる。

「あなた……なにを終わったみたいに言ってるの?」

「え?」

四つん這いの幸乃が、艶めかしく背中をしならせ、身を擦《す》り寄せてきた。

それまでとは一転、とろんとした瞳になって、拓弥の顔を妖しく覗《のぞ》き込んでくる。

「私はまだ昇り詰めていないのですよ。女をこんな気持ちにさせて……自分は満足したからって、もう終わり？」

「ええっ？　で、でも、僕がイッたら儀式は終わりって……」

「ああん、もう」駄々をこねる子供のように、幸乃は肩を揺らした。胸元からぶら下がる大きな肉房も、媚態に合わせてタプタプと左右に揺れる。「わかったわ、意地悪を言って困らせようとしているのですね？　まあ、なんて悪い子でしょう。神様の罰が当たりますよ」

言葉とは裏腹に妖しい笑みを浮かべ、幸乃は、女蜜とザーメンにまみれた肉棒にペロリと舌を這わせた。

「ど、どうしちゃったんですか、梅宮さん？」

先ほどまでの凛とした彼女とはまるで別人の有様。

まるで心地良く美酒に酔っているようである。幸乃は、唇を尖らせてイヤイヤと首を振る。

「幸乃って呼びなさい」

「はぁ？」

「あなたのせいですよ。あなたの精液は、女を狂わせる特別な精液なのです」

そう言うと彼女は、ペニスの根本をギュッと握り締め、裏筋や亀頭にねっとりと舌奉仕を施《ほどこ》した。いわゆるお掃除フェラである。

「ちょっ……ゆ……幸乃さん……ううっ」

大量射精を終えたばかりの陰茎に、早くも新たな快美感が湧き上がる。

それに加え——二十歳以上も年上の女に、しかも巫女に、汚れた牡性器を舐《な》め清めさせているという興奮。芯を失いかけていた肉棒は瞬く間に再起した。

鈴口に唇を当て、尿道内の残滓《ざんし》を吸い尽くすと、幸乃は嬉しそうにシコシコと幹をしごく。

「ほらぁ、全然元気じゃない。もう一回くらい頑張りなさい。女を昇天させてこそ大人の男、一人前の男というものですよ」

「わっ……わかりました」

幸乃の豹変ぶりには疑問を禁じ得ないが、それはいったん置いておこう。

十九歳の拓弥はやりたい盛り。相手が拒まないなら、勃起が続く限り嵌めていたいと思う年頃だ。第二ラウンドは望むところである。

幸乃が再び仰向けになって、M字開脚と呼べる状態まで股を広げる。

肉土手には一本の和毛《にこげ》もないため、蜜をたたえた女の淫花がことさらに際立《きわだ》っていた。使い込まれた証《あかし》のように大振りの花弁はややくすんでおり、細かい皺を刻みながら不揃いによじれている。

(何度見てもエロい……うう、見てるだけで射精しそう)

亀頭でラビアを掻き分け、今度は彼女の手を借りずにインサートした。相変わらずの膣圧を感じつつ、牡と牝《めす》の粘液でぬかるんだ肉路をズブズブッと突き進む。

「あ、あうぅん……ううっ」

内腿をヒクヒクと痙攣させ、嬌声を上げる幸乃。眉根を寄せつつ、嬉しそうに口元をほころばせる。

亀頭が一番奥の壁まで届くと、深い吐息をこぼした。

「ん、はあぁ……これまで二十年ほど、多くの少年の筆下ろしをしてあげましたが、これほど見事なイチモツは初めてです」

「……そんなに、いいですか？」

「ええ、長さも太さも、素晴らしいですよ。それに、ぐっと反りの入ってるところが特に……女を悦ばせる、良い形です」

拓弥自身、密かに己のペニスを自慢に思っていたが、こうして女性の口からはっきりと褒められるとやはり嬉しいものだ。高ぶる思いを込め、ピストンを開始する。と、待ってましたとばかりに膣肉が動きだした。躍動的に収縮し、強烈に若勃起を締め上げる。

「ゆ、幸乃さんのアソコも凄いです。ギュウッ、ギュウッて、まるで膣の壁越しに掌で握られているみたいな……」

「ふふっ、女陰の締まりには自信があるのですよ。日々の生活で鍛えていますから」

普段から幸乃は椅子を使わない生活を送っているのだそうだ。朝から晩まで、座るときはほぼ正座。すると股の間の筋肉――骨盤底筋に自然と力が入り、結果的に鍛えられて膣圧がアップするらしい。

(凄い摩擦力だ。抜き差しするたび、チ×ポが熱くなる。それに……)

膣肉が次第にほぐれてきたようで、膣壁の伸縮性も最初の頃よりさらに増した。柔らかさと力強さを兼ね備えた極上のゴムである。肉棒の凹凸に合わせてぴっちりと張りついてくる。完全密着状態でペニスを往復させれば、亀頭から付け根まで、男性器のあらゆる急所が、余すところなく無数の襞に擦られた。

甘美すぎるその感触に拓弥は歯を食い縛り、次の射精もそう遠くないと予感する。

それでも果敢に腰を振り続けた。童貞を卒業したばかりの若葉マークとはいえ、可能な限り相手を悦ばせたかったのだ。

先ほどまでとは違い、拓弥のピストンに幸乃は明らかな反応を見せている。額の汗の粒は増え、ふーっ、ふーっと、ランニングでもしているみたいな深い呼吸を繰り返していた。ときおり悩ましげに呻き、右に左に首を振る。

「くっ……ううん……もっと速く、もっとおぉ」

年上の女を乱れさせる悦びに、拓弥の中の牡が高ぶった。

ＡＶから学んだ男優のピストンを再現するべく、ぱっくり開いた女の太股に両手をひっかけ、引き寄せるように抱える。そして力一杯、腰を叩きつけた。

手拍子にも似た音、加えてジュッポジュッポと蜜穴を掻き混ぜる淫音が板張りの間に響く。

だが当然の如く、腰を振れば振るほど拓弥の射精感も高まっていった。

そして、ここは神社の本殿。神様の前で巫女を犯すという背徳的興奮も官能を煽《あお》り立てる。ドクドクと大量の先走り汁をちびりつつ、それ以上のものが漏れないように尻の穴に気合いを入れる。

「あ、んっ……そうです、もっと、もっと、頑張りなさい。じゃないと、またあなたの方が、先に果ててしまいますよ」

「ううう っ、は、はい……！」

二十年余りも、この村の少年たちの筆を下ろし続けてきた女である。半端《はんぱ》な嵌め腰では到底満足しそうになかった。

額から流れてくる汗を拭い、拓弥はさらにピストンを加速させる。超特大の乳房が水風船のように形を変えつつ、タップンタップンと前後に揺れ動いた。

(凄い、凄い、なんて柔らかそうなオッパイなんだろう)

ダイナミックな光景に目を奪われているうち、気がつけば手が伸びていた。躍動する爆乳を両手で鷲づかみにする。が、片方の乳房に片方の手では、とてもその動きを押さえ込めなかった。掌からはみ出た乳肉はなおも揺れ続ける。

力を入れると、たやすく指が乳肉に沈んだ。想像を超える柔らかさに興奮し、揉みくちゃにする。

胸が大きければ、乳首もなかなかのサイズだった。親指と人差し指でつまみ、キュッキュッと押し潰すと、

「あっ、あうぅん、乳首、いいわぁ。もっとしてちょうだい」

あっという間に充血し、コリコリになる。勃起した乳首は、拓弥の人差し指の先と

同じくらいにまで膨張した。

弾《はじ》くように転がすと、まるで電流を流されたかのように、幸乃はビクビクッと身を震わせる。

「ヒッ……！　い、い……それよ、それっ……好きなのぉ」

拓弥は、初めて彼女の弱みを見つけた気がした。乳首を転がし、こね回しながら、猛然《もうぜん》とピストンに励む。すると幸乃の表情からついに余裕が消えた。

「あ、あぁっ……そう、乳首、くうぅん……いいわ、イキそう、イッちゃいそうよ。その調子で、もっと頑張って。もっと、腰、動かしてぇ……！」

「は、はいっ」

女を絶頂させる——それは童貞の卒業に次ぐ男の夢である。

拓弥は全力で女体に挑んだ。指でいじるだけでは物足りなくなり、彼女の身体に覆《おお》い被《かぶ》さって、口いっぱいに乳房を咥《くわ》え込む。縦横無尽に舌を動かし、硬くしこった突起を翻弄した。幸乃の喘ぎ声がさらにトーンを上げる。

巨大な肉房の谷間には、渓谷の流れの如く汗が溜まっていた。拓弥はそれを舌で舐め取り、渇いた喉《のど》を潤《うるお》す。仄《ほの》かな塩気が絶妙の味わいだった。

そして鼻先を乳丘の谷間に潜り込ませれば、たまらない女体の香気が鼻腔を満たす。

甘い匂いと、潮の香りを思わせるものがブレンドし、男をそそる最高のパフュームと化していた。

さらしに包まれていたおかげで、たっぷりと熟成された女体臭は実に濃厚。頭の奥がジーンと痺《しび》れてくる。

理性が蕩《とろ》け、自分でも抑えられない衝動が湧き上がった。牝の匂いを夢中で嗅ぎ、狂ったように腰を振る——さながら獣の如く。

絶頂の予感は、すぐそこまで迫っていた。

「ゆ、幸乃さん、僕、もうっ……!」

「あ、あっ、私も……私ももう少しで……おお、ほおおおッ」

幸乃の声は上擦《うわず》り、いかにも切羽詰まっていた。

拓弥はとどめのピストンを喰らわせる。両脇から爆乳を鷲づかみ、肉房を真ん中に寄せ、左右の乳首にいっぺんにしゃぶりついた。頬がへこむほどに吸い立てる。

「ん、んひぃいぃんッ」

幸乃の腕が、拓弥の後頭部を抱え込んだ。溺れる者が藁《わら》をもつかむようにしがみついてくる。

女体が小刻みに震えだす。そのとき、拓弥の射精感は限界間際だった。

（ああ、もう駄目だ。出る……！）

覚悟を決めて抽送に全力を尽くした。張り出した雁首で膣襞を削り、肉拳と化した亀頭で膣底を穿《うが》つ。パンッパンッパンッと、本殿に鳴り響く淫らな柏手。

「お、おほおっ！　ち、膣が、中が、火傷《やけど》しちゃいそっ……あぁ、もう、もう、ふんんーッ！」

悲鳴を上げて熟れ巫女が息む。その瞬間──

本日二度目の射精感が前立腺を突破した。灼《や》けるような愉悦と共に、鈴口から白濁液が噴き出る。

「ウッ……おおおおッ!!」

「アーッ！　出てる、凄い勢い！　イイイッ……く、く、うぅうんッ!!」

その直後、幸乃の身体が最高潮に戦慄《わなな》く。

ギュギューッと、膣壁がひときわ激しく収斂《しゅうれん》した。膣口に至っては、それこそ万力のような剛力をもって肉竿を食いちぎろうとする。

拓弥は奥歯を噛み、その痛みにも似た愉悦に耐えた。何度も何度も腰を痙攣させて、最後の一滴《いってき》までザーメンを注《そそ》ぎ込む。

出し尽くすと、爆乳を枕にして、絶頂の余韻と達成感に酔いしれた。

脂肪を溜め込んだ乳肉は仄かにひんやりとして、拓弥の火照《ほて》りを吸い取ってくれる。幸乃の身体も汗にまみれてヌルヌルだったが、互いの肌が溶けて一つになるような密着感が今は心地良かった。

しばらくしてから顔を上げ、

「今度は、イッてくれましたか？」と尋ねる。

しかし、幸乃の返事は予想とは違った。

「はぁ、はぁ……いえ、まだです」

荒い呼吸を繰り返しながら首を振る彼女に、拓弥は目と耳を疑う。

「え……？　でも、さっき、イクって言いましたよね？」

「い、言いましたけど……それは〝もうちょっとでイク〟という意味です。だからまだです。さあ、続けなさい」

「そ、そんなぁ」

拓弥には信じられなかった。先ほどの幸乃の反応はＡＶなどで見たことがある。女が絶頂したときのリアクションだ。

それに幸乃の表情も怪しい。気まずそうにして、拓弥と目を合わせようとしない。

「……嘘ついてません？」

「ついていませんっ。私は神に仕える巫女ですよ。し、失礼なっ」

絶対、嘘だ。明らかに焦《あせ》っている。

おそらくまだ満足できなくて、セックスを続けてほしいのだろう。しかし、〝女を昇天させるまでが儀式です〟と言った手前、一回イッてしまったことを認められないのだ。

もちろん拓弥も彼女の身体をまだまだ味わいたいが、しかし、

「あの、少し休んでからでいいですか？　さすがにちょっと疲れちゃって」

精力はまだ余っているが、体力的に辛かった。人生でこんなに腰を動かしたのは初めてである。マラソンをした後のように、全身から滝のような汗が噴き出していた。

「そうですか。仕方ないですね」

幸乃は、拓弥の身体を抱えてむっくりと起き上がる。

「では、今度は私が動いてあげましょう。あなたは寝ているだけで構いません」

拓弥は仰向けにさせられた。妖しい笑みをたたえた巫女が、拓弥の腰の上にまたがってくる。白く泡立つ、本気汁とザーメンを混ぜ合わせた淫液を、ぱっくり開いた牝穴から滴《したた》らせながら。

その穴に肉棒が呑み込まれるや、早速彼女は騎乗位で腰を振り始めた。

女が自由に動ける体位なので、幸乃の好みがよくわかった。奥まで肉棒を呑み込まず、小刻みに腰を躍らせている。どうやら膣路の中にピンポイントの急所があり、そこを雁首の出っ張りでひっかかれるのがたまらないようだ。

膣路は未だアクメの熱を宿し、自分好みの抽送にますます悦び悶える。

肉壁は今まで以上に複雑に収縮し、波打ち、まるでペニスを奥へ奥へと吸い込むように蠕動《ぜんどう》した。

(ううっ……さっきまでより、さらに気持ちいいぞ)

一度絶頂を迎えたことで、女の穴はその本性を露わにしたのかもしれない。蠢く膣壁は、亀頭を、雁首を、竿を、まるでマッサージチェアのように揉みほぐした。

いや、ほぐれるどころか、若茎は早くも鋼《はがね》の如き硬さを取り戻す。

幸乃はなかば白目を剥き、今やとても神聖な巫女とは思えぬほどの卑猥なアへ顔を晒していた。

「おほおぉ！　イ、イチモツが……反り返って、ああっ、当たるぅ！　ゴリゴリって、擦られるぅウウウッ！」

後ろで結んだ垂髪を振り乱し、若牡の上で狂ったように跳ね続ける。

胸元からちぎれそうな勢いで、爆乳が上下に揺れ動いていた。躍る乳肉から汗が飛び散った。

拓弥は手を伸ばして乳首をつまみ、せめてもの愛撫を施す。二度も出せばさすがにペニスの感度も落ちると思っていたが、これまでを超える激悦によって射精のときは着実に迫っていた。

(セックスって……女の人って、凄い)

女の身体の神秘とその貪欲《どんよく》さに圧倒されながら、拓弥は最後の瞬間を迎える。

「うおぉ……イ……イクッ……!!」

三度目にして子宮まで満たさんばかりのザーメンを注ぎ込むと、ほどなく肉悦の極みに達した女の叫びが本殿内に木霊《こだま》した。

「ああっ、イクッ！　あなたの精液、最高だわ！　イッグゥうううーッ!!」

# 第二章　桃尻女は情報通

## 1

八つ俣神社から屋敷に戻ると、ほっとした顔の小春がすぐさま玄関にやってきた。拓弥の帰りが遅いので、少し心配していたのだそうだ。

「無事で良かったです。お疲れ様でした。儀式はどうでしたか？」

「あ……う、うん、別に大したことはなかったよ。ハハハ」

巫女と嵌め狂って三発も中出しした——とは、とても言えない。

成人の儀式の内容は、みだりに言いふらしてはならないのが村の決まり。小春もそれは心得ているので、詳しいことは訊いてこなかった。

翌日、朝食を終えた拓弥は、少し村を散歩してみることにした。

できることなら昨日のように小春とデート気分で歩いてみたかったが、そうもいかなかった。今日は、多島家が所有する山の管理について、委託業者との定期的な打ち合わせがあるという。その手の仕事は、すべて藤緒と孝緒の姉妹がこなしているそうだが、小春も亡き当主の妻として出席しなければならないらしい。つまり拓弥は、一人で時間を潰さなければならなかった。

「ふぅ、今日も暑くなりそうだな」

空は快晴、天気予報は本日も真夏日。なるべく日陰を選んで歩き、懐かしい場所を巡ってみた。小学校の校庭では、男の子たちが炎天下にも負けず、サッカーに興じている。プールの方からも楽しげな声と水音が響いてきた。夏休みの期間に一般開放しているのだろう。

校門前から少し歩くと、さらにノスタルジックな感慨が湧き上がった。見覚えのある建物が道の先に見えてきたのだ。

「おお、懐かしい。この雑貨屋さん、まだあったんだ」

あちこち錆びている看板に〝金田《かねだ》商店〟と記されていた。〝商〟の文字の一部がかすれているのも、拓弥の記憶しているとおりである。

ここの品揃えは日用品や文房具だけにとどまらず、雑誌や菓子類、それに飲み物や煙草なども置いていた。

子供にとっては菓子類が売っているのがなにより嬉しかった。しかも十円、二十円で買えるような駄菓子がたくさんある。幼い拓弥も、小遣いの百円玉を握り締めてよく通ったものだ。

(営業中……だよな?)

ガラス戸は開いていた。入ってみることにする。

店内に一歩踏み込むと、かつての記憶がまざまざと蘇《よみがえ》ってきた。多少は棚の配置も変わっていたが、レジの周りの駄菓子コーナーは昔のままである。古びた木の台の上には、様々な種類の駄菓子が所狭しと並べられていた。

ただ、馴染みのある店主のおばあさんはいなかった。

(あそこにいるのは……お店の人なのかな?)

店舗の奥は、障子一枚を隔てて、この家の居間となっている。そして今、障子はすっかり開け放たれていた。

テレビに座卓、扇風機、それと物が乱雑に詰め込まれた棚、棚、棚――なんとも生活臭に溢れた六畳間で、三十代なかばと思われる女性が煙草を吹かしていた。

「お、いらっしゃーい、見かけないお客さんねぇ」

タンクトップに七分丈《しちぶたけ》のデニムパンツというラフな格好の彼女が、サンダルを履いて店に出てくる。煙草は咥えたままだ。

彼女は拓弥の顔を見て、おや？　と、首を傾《かし》げる。遠慮も躊躇もなく、間近でじっと見つめてきた。

しばらくして、ポンと手を打つ。「もしかして君、寺岡さんとこの坊や？」

「え……僕のこと、知ってるんですか？」

「ええ、知ってるわ。君だって、あたしのこと知ってるはずよ？」

拓弥の目の前に立つと、彼女は悪戯《いたずら》っぽい笑みを浮かべる。

飛び抜けて美人というわけではないが、愛嬌のある顔立ちが魅力的な、親しみを覚えるタイプの女性だった。

だが、その下半身はなかなかに非凡である。

胸に次ぐ女らしさの象徴である尻が、目を見張るほどに豊満だったのだ。

腰から太股にかけての、大きく膨らんだダイナミックな曲線はなんとも悩ましく、デニムパンツがはち切れんばかりに張り詰めていた。それでいて、七分丈の裾からはみ出しているふくらはぎや足首はすっきりしており、いわゆる下半身デブではない。

欧米サイズのヒップに対し、脚の方は昔ながらの日本人的な長さで、その姿には妙な安定感があった。見ていると安心できる、男が自然と甘えたくなるようなスタイルの持ち主である。

(あれ、そういえば……)

言われてみると、この特徴的な体型に見覚えがあるような気がしてきた。

「もしかして……昔、ここの店番をしてました?」

「うんうん、思い出してくれたみたいね」

彼女は満足そうに微笑む。「あたしは金田一美《かずみ》、よろしくね。一美さんって呼んでくれていいから」

一美は、この店を営んでいたおばあさんの孫だった。

拓弥がこの店に来ていた頃、彼女はちょうど大学生で、東京の大学に通うために一人でアパート暮らしをしていたそうだ。夏休みなどで帰省したときに店の手伝いをしていたらしく、それで拓弥のことも覚えていたという。

「へえ、十年以上も前に来ていた子供のことなんて、よく覚えてましたね」

一美は、ふふっと笑った。「あたしは物覚えがいい方なのよ」

「ふぅん……じゃあ大学を卒業してから、ここを継いだんですか?」

「うん、まぁ卒業してすぐにってわけじゃなかったけどね」

拓弥は、話を聞きながら駄菓子を選ぶ。昔好きだったものをいくつか買うと、一美が、台所の冷蔵庫から、ペットボトルの緑茶を出してくれた。居間との境にある上がり框《がまち》に腰かけて、よく冷えた緑茶をもらいながら駄菓子を食べる。

その隣に一美も腰を下ろし、煙草を吹かしながら話を続けた。

「最初はね、東京で就職したのよ。この村じゃ、ろくに仕事もないから。けど、せっかく入った会社も一年で辞めちゃったの」

配属先の仕事が向いていなかったことも理由の一つだが、なにより東京の生活に飽きてしまったのだそうだ。それで村に戻り、この店の手伝いなどをして、半ニート生活を送っていたという。

「ところがねぇ、もう体力的に辛いから商売辞めるって、おばあちゃんがいきなり引退しちゃったのよ」

それが三年前のことらしい。それをきっかけに一美の父親は、長年の出稼ぎによる貯金で県内の都市にマンションを購入し、一家はそこに移り住んだという。

「でも、あたしだけはこの村に残ったの。あたしはこの村も、このお店のことも、子供の頃から結構気に入っていたからね」

彼女の祖母が引退するとき、一美が声を上げて店を引き継いだ。この村には今でもコンビニがないので、金田商店はなかなかに重宝されているらしい。

「そうだったんですか」店の中をぐるりと見回し、拓弥は言った。「僕としても、ここが残っていてくれて嬉しかったです。いろいろ思い出のあるお店ですから」

「そう言ってくれると、あたしも続けた甲斐があるわ」

一美は、ありがとうと微笑んだ。煙草の火を灰皿で押し潰すと、

「そうだわ」と言って、ポンと膝を叩く。「あたし、君と約束をしていたわね」

「え？」

「子供の頃の君と約束していたのよ。今思い出したわ。ね、上がってくれる？」

「は、はぁ」

拓弥には約束をした記憶などさっぱりない。戸惑いながら靴を脱ぐと、一美に腕をつかまれ、さぁさぁと居間の奥に引きずり込まれた。

「あの、約束って、いったいどんな——」

言いかけて、拓弥は絶句した。

店舗と繋がる障子をピシャリと閉じるや、一美は自らのデニムパンツをあっさりと脱ぎ捨てたのだ。

白のパンティを隠そうともせず、拓弥ににじり寄ってくる。

「ねえ、あたしだけ脱ぐのは、さすがにちょっと恥ずかしいわ。君も……ね？」

「ちょっ……ど、どういうことですか？」

「あら、全然覚えていないの？　お尻を見せてあげる約束だったじゃない」

一美の話によると、ちょうど彼女が帰省中に店番をしていたとき、駄菓子を買いに来た幼い拓弥が、彼女の豊臀をまじまじと見つめたのだそうだ。

並外れた大きさを誇る女尻に、きっと子供ながらも目を奪われてしまったのだろう。一美が穿《は》いていたのがミニスカートだったのをいいことに、こっそり中を覗こうとすらしてきた。

一美は、こらっと注意し、そしてこう言ったという。

君がもう少し大きくなったら、そのときはしっかり見せてあげる——と。

「ぜ、全然覚えてません」

「ほんとに？　ふぅん、あたしのお尻なんて、君にとってはその程度だったんだ。なんだかショックぅ」

拗ねたように唇を尖らせる一美。拓弥は慌てて首を振った。

「い、いいえ、そういうわけじゃ……あの、一美さんのお尻、見せていただけるのなら、喜んで、はい」

「見たい？　ふふん」一美は、ころっと表情を変える。「じゃあ、ほら、君も脱いで。そうしたら……うふふっ、見るだけじゃなく、気持ちいいこともしてあげるから」

「き……気持ちいいこと……？」

「ええ――それとも、三十五のおばさんが相手じゃ、そんな気にならない？」

「そ、そんなことないですけど……」

子供の頃に駄菓子を買っていた店で、まさか女性から迫られるとは。思いも寄らぬ展開に、尻餅をついた格好で啞然とした。

しかし男として、あれほどの豊臀に興味が湧かぬわけがない。ましてや、気持ちいいことと言われては――ゴクッと生唾を飲み込んだ。

「だ……大丈夫ですか？　お客さんとか来たら……」

「この時間は滅多にお客なんか来ないわよ。子供たちがやってくるのは、だいたい午後になってからだし」

一美は、四つん這いの格好で拓弥に尻を向けてくる。ひっくり返した巨大な桃が目の前に突きつけられる。

「ほぅら、触ってみてもいいのよぉ」

右に左に、発情した牝猫のような仕草で一美が腰を振ると、ボリュームたっぷりの尻肉が柔らかそうにプルプルと揺れ動いた。

## 2

食指を動かされた拓弥は、両手で丸尻をそっと鷲づかみにする。

(凄い……まるでプリンみたいだ)

男のそれとは比較にならないほど柔らかく、そのうえ心地良い弾力《だんりょく》があった。

パンティからはみ出した肉厚の尻たぶは、仄かに汗ばんでしっとりとしている。掌に吸いついてくるような触り心地が妙に官能的である。

恐る恐る揉んでみるが、一美はなにも咎《とが》めなかった。ゴムボールを思わせる感触には不思議な癒《いや》し効果があり、いつまでも揉んでいたくなる。

円を描くように尻肉をこね回したり、臀丘をグッと内側に寄せたり、思いっ切り外側に広げたり——なんだか粘土遊びに夢中になっている子供の気分だ。

だが拓弥は、性欲旺盛な十九歳の男子。脂《あぶら》の乗った女尻もいいが、それだけでは物足りなくなる。股間の中心にある秘部へと視線が吸い寄せられていった。

尻たぶを内へ外へと弄《もてあそ》びすぎたせいで、パンティが双臀の谷間に入り込んでしまい、今やTバック状態である。細くなった股布が大陰唇の狭間に食い込んで、実に卑猥な光景となっていた。

ズキズキと股間のものを疼《うず》かせる。すると、一美もたまらなくなってきたようで、甘えた声で急かしてきた。

「ねぇ、そろそろ君も脱いで。気持ちいいことしてほしいんでしょう?」

「あ……は、はいっ」

ズボンを脱ぎ、パンツに手をかける。すでに屹立状態の肉棒を露わにするのは気恥ずかしかった。だが、すぐに淫靡《いんび》な期待の方が勝る。

ボクサーパンツをずり下ろし、鎌首《かまくび》をもたげた若勃起をさらけ出した。

「あら、まあ……!」

振り返って眺めていた一美の瞳に、情欲の炎が赤々と燃え盛る。

四つん這いのままぐるりと反転し、正面から肉棒を見据えてきた。「驚いたわ、なんておっきいのかしら……それに形もいいわぁ」

日本刀の如き反り具合を、彼女は溜め息交じりに褒めたたえる。

「こんなオチ×ポを入れられたら、そりゃあ、たまらないでしょうねぇ」

うわごとのように呟きながら、どんどん彼女の顔が接近してきた。ついには鼻先が亀頭にくっつきそうになる。

「ううん……若い子の匂いがするわ。とってもイヤらしい匂い。ゾクゾクしちゃう」

相好《そうごう》を崩し、若牡の匂いに嗅ぎ惚れる一美。

それから唇を開いてパクッと亀頭を咥え込んだ。

(うわっ……フェ、フェラチオだっ)

口腔内で舌が蠢き、亀頭や雁首にねっとりと絡みついてくる。初めての口唇愛撫の愉悦に拓弥は腰を戦慄かせた。

それはAVやネットのエロ動画を観ているだけでは決してわからない、まったく未知の快感だった。熱い舌の感触が、幹のあちこちを這い回る。尖った舌先が裏筋をくすぐり、鈴口をほじくる。

そして上目遣いで視線を送ってきた。どう、気持ちいいでしょう？　と、瞳で語りかけてくる。

拓弥は頷き、声を震わせて呻いた。「ううぅ……す、すぐに出ちゃいそうです」

その言葉を聞いて、一美は嬉しそうに目を細める。いったん肉棒を吐き出すと、ペロッと舌を出し、幹の根本や陰嚢《いんのう》にも唾液《だえき》を塗りつけていった。

その間、ヌルヌルになった亀頭を掌で撫で回し、輪っかにした指で雁首をしごくことも忘れない。

「うふっ、いつでもイッていいわよぉ」

再び肉棒を口内に収めると、リズミカルに首を振った。硬く締めつけた唇が、滑るように幹を往復して擦り立てる。

巨砲が女の口内に出たり入ったりする様は、淫靡にして実に壮観だった。

「ん、ん、ん、んっ……んぼ、むぼっ……ちゅぶぶっ、ちゅぼっ！」

「おううっ……そ、そんなに激しくされたら、ほんとにもう……」

込み上げる射精感にガクガクと膝を笑わせる拓弥。それでも一美は抽送を緩めず、それどころか咥えきれない幹の根本を指の輪っかでしごきまくった。

「あ、あ、出ちゃいます……このままじゃ、か、一美さんの口の中にぃ」

「んんっ、むぢゅ、んはぁ、いいわよ、いっぱい出してぇ。はむぅ——ちゅぼ、ちゅぼ、んぼぼっ、むぢゅぢゅぢゅぢゅーっ！」

下品極まりない音と共に、泡混じりの唾液が朱唇の端から漏れてくる。

乾いた女の唾液は淫臭となって立ち上る。拓弥の鼻腔に侵入し、媚薬アロマのように牡の官能を高ぶらせた。

ドクドクと溢れ出るカウパー腺液はさながら誘い水。みるみる抑えが利かなくなり、下腹の奥に痺れるような熱い感覚が溜まっていく。

(あぁ……もう、駄目だ)

予感が訪れた次の瞬間、腰が痙攣を始める。自分でもままならぬ身体を支えようと、なかば無意識に一美の頭を両手でつかんだ。

「うっ……くっ……オオオッ！」

「む、ううっ……ん……んぐ……ゴクッ、ゴクッ」

一番搾りの白濁液は、一美の喉の奥まで貫き、さらに何度も噴出を続けた。

一美は取り乱すことなく、大量のそれをゆっくりと飲み下していく。

(おお、の、飲んでる……ゴックンしてる……！)

昨日の幸乃のお掃除フェラとは次元が違った。次々と注がれるザーメンを、まるで喉が渇いていたとばかりに胃の腑へ流し込んでいく一美。

AV女優や風俗嬢など、仕事で飲む人はいるだろう。が、それ以外の女性が、あんな異臭を放つドロドロの液体を飲んでくれるとは思っていなかった。深い感動と感謝が、拓弥の胸中を満たす。

と、それまで平然と飲み込んでいた一美が、突然、目を丸くした。

なにかに驚いたかのような表情。しかし、一美が顔色を変えたのは、ほんの一瞬のことだった。

（な……なんだ、今の？）

その後は、なんでもなかったみたいに、一美はまた飲精に耽る。親指の腹で裏筋を丹念にしごき、最後の一滴まで搾り出そうとする。

すべての白濁液を飲み終えた一美は、肉棒を口から出すと、まるで酒好きが極上の一杯を飲み干したときのように、なんとも幸せそうな吐息を漏らした。

「ぷはあぁ……ごちそうさまぁ」

夢見心地の如く頬を緩め、肉棒に絡みついたザーメンの残りをペロペロと舐め取っていく。

「凄いわねぇ、君の精液……ん、れろ、れろ……はぁ、とっても効くわぁ」

「効くって……なにがですか？」

「君の精液の幸せホルモンがすっごく効くってことよ。実を言うと、朝から軽い頭痛が続いていたんだけど、すっかり良くなっちゃったわ」

なんでも一美が言うには、男の精液の中には、人に幸福感を与える成分が含まれているそうだ。セロトニンやら、オキシトシンやら——名前を言われても、拓弥には〝どこかで聞いたことがある〟程度にしかわからなかったが。

「そうなんですか？　精液が頭痛に効くなんて、聞いたことないですけど……」

「そりゃあ、誰の精液でもいいってわけじゃないわよ。君の精液には、幸せホルモンが普通の人の何倍も含まれているんでしょうね。だからあたし、今とってもいい気分なのよぉ」

うふっ、うふふっ。とろんとした瞳で色っぽく微笑みながら、一美は愛おしげにペニスに頬ずりする。

先ほど、口内射精を受けながら一美が顔色を変えたのは、拓弥の精液の特異に気づいたからだそうだ。

(そういえば昨日の幸乃さんも、僕が中出しした途端、まるで別人みたいになっていたっけ)

あれが幸せホルモンの影響だったというなら、確かに筋は通る。思い返せば、幸乃もまた、拓弥の精液は女を狂わせる特別なものだと言っていた。

「んふっ、ねえ拓弥くぅん」

ペニスから精液を舐め尽くすと、一美は青臭い吐息を漏らしつつ、拓弥の顔を間近に覗き込んでくる。今にも唇が触れ合いそうな距離――。

「君、昨日、成人の儀式を受けたんでしょう？」

「え、な、なんで知ってるんですか？」

「田舎の情報伝達力を舐めちゃ駄目よぉ」ドヤ顔で、ふふんと鼻を鳴らす一美。「実は昨日の閉店間際にね、幸乃さんが買い物に来たのよぉ。いつもツンと澄ましているあの人が妙にご機嫌だったから、どうかしたんですかって聞いてみたの」

普段は寡黙な彼女も、昨日は妙に気が緩んでいたみたいで、ついポロリと漏らしてしまったそうである。先ほど成人の儀式を行ったのだけど、信じられないほど気持ち良かった――と。

「誰に儀式を行ったのかは、さすがに教えてくれなかったけどぉ、ふふっ、それが多島さんのお屋敷に宿泊している子だっていう情報は、別のルートからすでに入手していたのよねぇ」

田舎は、外の情報が入ってきにくい代わりに、内部の情報はあっという間に拡散されていくらしい。多島家に泊まっているのが、昔この村に住んでいた寺岡家の子だということまで、一美は知っていたという。

「情報を総合すれば、結論は一つ。拓弥くんが、女を悦ばせる凄いセックスをするってことでしょう？　あたし、んふ、んふふっ、とっても気になっちゃったの」

それで、店に来た拓弥を、これ幸いと誘惑したのだそうだ。

「もうね、こんな精液、ほんとに予想外だったわぁ。あたし、ヤバイお薬に手を出したことはないけれど、きっとこんな感じなんじゃないかなって思うの。なんだかわからないけど、とっても幸せなのぉ」

んふふふっと、一美は身体を左右に揺らしながら笑う。酔っ払いみたいだ。

（僕の精液で、こんなになっちゃったのか……？）

普通なら信じられない話だが、昨日の幸乃の乱れ狂っていた様子を思い出すと、一笑に付することもできない。まさか二人の女が口裏を合わせて自分をからかっているとは思えなかった。

「そんなこと、あるんですかね……でも、なんで僕が……」

「ご両親からはなにも聞いていないのぉ？」

「え……ええ、特になにも」

「そっかぁ」一美は、ウーンと首をひねる。「ご両親も言わなかったことを、あたしの口から言っちゃっていいものかしらねぇ」

「なにか知ってるんですか？」

その問いには答えず、一美は拓弥から離れた。下半身はパンティのみの姿であぐらをかき、また首をひねる。口淫奉仕と飲精により官能を高ぶらせたのか、陰毛や秘肉が透けて見えるほど、パンティの股布は濡れていた。

が、それがあからさまになっていることに本人は気づいていないようである。眉根を寄せて難しい顔をし、「少し時間をちょうだい」と言った。

「あたしもそんなに詳しく知っているわけじゃないのよねぇ。次、君が来るときまでに、きちんと調べておくわ。大丈夫、あたし、情報集めは得意なんだから」

「はあ……わかりました」

拓弥がそう答えるや、一美は、部屋の隅に放り投げていたデニムパンツをひっつかむ。畳に寝っ転がりながら、アーティスティックスイミングのように両脚を上げて器用にデニムパンツを穿き、勢い良く立ち上がった。「うふっ、楽しくなってきたわぁ。さぁて、なにから始めようかしら」

どうやら蜜戯の時間はここまでらしい。濡れパンティに情欲をくすぶらせていた身としては少々残念だが、初フェラチオに初ゴックンだけでも充分な体験だった。

それに彼女がなにを教えてくれるのかも気になる。調べるのに時間がかかるというのなら、ここは素直に退散するとしよう。自らもパンツとズボンを穿くと、金田商店を後にした。「それじゃあ、よろしくお願いします」

「ええ、楽しみにしててね。今度来たときは——うふっ、お口でするよりもっと気持ちいいこともしてあげるから」

店の外まで見送ってくれた一美は、そう言うと、未だ半勃《はんだ》ち状態の若茎をズボンの上からギュッと握ってきた。

3

夕食の後、藤緒と孝緒の二人に招かれて、拓弥は彼女たちの部屋にお邪魔した。

立派な茶器が出され、妹の孝緒が、拓弥のために抹茶を点《た》ててくれる。そんな本格的な緑茶を飲むのは初めてで、シャカシャカと茶筅《ちゃせん》を掻き混ぜる音に、拓弥はじわじわと緊張感を募《つの》らせた。

「すみません、僕、お茶の作法とか、全然わからないんですけど……」

「余計なことは考えず、ただ味わってくれればそれでいいのです。ねえ、孝緒さん」

「ええ、藤緒さんの言うとおりです。堅苦しいことは考えずに……さあ、どうぞ」

「は、はあ……じゃあ、いただきます」

恭《うやうや》しく茶碗を手に取り、一口すする。う……苦いっ。

思った以上の渋さに、つい顔をしかめてしまいそうになるが、なんとか笑顔を取り繕《つくろ》った。「お、美味しいです」

　双子の姉妹は、静かな微笑みを浮かべる。

　二人は顔を見合わせ――姉の藤緒の方が尋ねてきた。

「拓弥さん、今日は村を歩いて回ったそうですね？」

「え、ええ……」

　茶菓子が出てくる気配はないので、拓弥は、覚悟を決めてまた緑茶をすすった。さっさと飲み終えて自分の部屋に戻ろう。

　と、今度は妹の孝緒が、こちらを真っ直ぐに見据えて尋ねてきた。

「村の女を抱きましたか？」

　あと少しで口の中の液体を吹き出すところだった。

　拓弥は懸命に飲み下し、ゲホゲホとむせる。「な……なんですって……!?」

「隠さなくてもいいのですよ。ねえ、孝緒さん」

「ええ、藤緒さん。きっともう、あなたの噂は村中に広まっているでしょうから。頭の痛みに悩んでいる女が、あなたにすがってきませんでしたか？」

「ど、どういうことですか？」

　すると、まるで鏡に映したかのように、二人は揃って妖しく目を細めた。

藤緒が言う。「この村で生まれた女は、どういうわけか頭痛持ちが多いのです。皆、だいたい三十代のなかば頃から症状が始まります」

その頻度《ひんど》は人によってバラバラで、月に一度くらいですむ者もいれば、週に一度は症状が出るという者もいる。頭痛やめまいで、酷《ひど》いときには夜も眠れなくなるほどらしい。どんな医者に診《み》てもらっても原因は不明だという。

「じゃあ、お二人もときどき頭痛に……？」

藤緒は、いいえと首を振った。「私たちはもう治りました」

孝緒が頷く。「八つ俣村の女の頭痛は、五十を過ぎる頃になると、自然と発症しなくなっていくのです。なぜ治るのかも、まったくわかっていません」

謎多き風土病。しかし、その頭痛にも、一つだけ特効薬があった。

なんとそれは多島家の男の精液だった。一口飲めば、幸福感と共に、頭痛が嘘のように癒されるらしい。

そんな馬鹿なと、拓弥は思った。

だが、ハッとして思い出す。昼間の一美の言葉を。

——朝から軽い頭痛が続いていたんだけど、すっかり良くなっちゃったわ。

二つの点が線で繋がった。途端に今の話の信憑性が高まり、拓弥は動揺する。

「で、でもそれは……多島家の男性のお話ですよね？　僕は違いますよ」

双子の女たちは、今度も呼吸ぴったりに首を振った。

「いいえ、あなたは多島家の男です」と、藤緒が言う。

八つ俣神社の幸乃から、この二人に報告があったそうだ。拓弥の精液によって、信じられないほどの多幸感が得られたと。

孝緒が言う。「あそこの巫女さんは、七年前に他界した多島家当主の精液も、その前の代の当主の精液も知っています。その彼女が言うには、あなたの精液は、二人の多島家当主の精液よりも遥かに上質だそうです。まるで麻薬のようだと」

そんなことは多島家の血を引いていなければあり得ない——のだそうだ。

「なぜあなたに多島家の血が流れているのか、それは私たちにもわかりません」

「しかし、これはきっと八つ俣明神様のお導きです。どうか再びこの村に腰を据えて、多島家当主の座を継いでください」

二人は畳に手をつき、深々と頭を下げた。

七年前に小春の夫である多島功《いさお》が亡くなって以来、この家は当主不在の状態が続いているのだという。

「ちょっ……ちょっと待ってください。僕が、こ、この家を……!?」

思いも寄らぬ展開に、頭の中が真っ白になった。

必死に思考を巡らせて、やっと出てきた言葉は、

「いや、でもっ……僕、大学がありますから……！」

「もちろん、卒業してからで構いませんよ。学問があるに越したことはないですから。ねえ？」

「ええ、授業料も、うちからお出ししましょう」

藤緒と孝緒は頷き合い、さらに続けた。

「代替わりの継承式が済んだら――頭痛を治すために精液を求められたとき、あなたは断ることができません。それが多島家の当主の務《つと》めなのです。その代わり、村の女なら誰でも好きなように抱くことが許されます」

「前当主の功が亡くなって、この七年間、頭痛持ちの村の女はずっと苦しんできました。あなたが戻ってきてくれて本当に嬉しく思いますよ」

すでに拓弥が跡を継ぐのが決まっているという話しぶりである。

「は……話はわかりました。けどっ」

このまま彼女たちの話を聞き続けたら大変なことになりそうな予感がした。それこそ、明日にも役所に連れていかれて、養子縁組《ようしえんぐみ》の手続きを行うことになってしまいそ

うな――。

「いくらなんでも信じられないです。精液を差し出すことを代々のお役目にしている家があるとか、村の女性なら誰とでも、その、してもいいとか……」

昔の話ならともかく、この令和の時代にそのような村が実在するなど考えられなかった。もしもそんな噂がネットに流れたら、あっという間に拡散されて大騒ぎになるだろう。

だが――拓弥のそんな反応も予想済みだったかのように、双子の女たちは落ち着き払っていた。

整った居住まいに薄笑いすら浮かべて、こう言った。

「いずれわかります」

「すぐにわかります」

## 4

離れの部屋に戻った拓弥は、畳に寝っ転がってスマホをいじりつつも、頭の中は別のことでいっぱいだった。

考えることが多すぎる。八つ俣村に里帰りしてからまだ二日しか経っていないのに、人生の一大事が立て続けに起こっているのだ。

（もしも、あの双子のおばさんたちに言われたことが本当なら、僕はこの家を継ぐべきなんだろうか？）

軽くネットで調べたところ、その場合、やはり養子縁組をするのが一般的な方法のようだ。双子の姉妹のどちらかが養母となるのだろう。

（現実感がなさすぎる。変な夢でも見ているみたいだ）

だが、多少の落ち着きを取り戻して考えてみると、悪い話と決めつけることもできなかった。拓弥にだって欲はある。

（こんな立派なお屋敷があるんだから、きっと財産も凄いんだろうな）

そんなことを考えずにはいられなかった。しかし、だからこそなにか落とし穴があるような気もする。これがドラマや映画だったら、だいたい悪いことが起こるパターンだ。なるべく冷静にメリットとデメリットを推考しなければならない。

（田舎暮らしも悪くはなさそうだけど……）

ただ、それも今だけかもしれなかった。

スマホでこの辺りのことを調べてみたが、拓弥の興味を引いたのは、村に一軒ずつしかない喫茶店と蕎麦屋くらいだった。

米と野菜、それに肉用牛の飼育がメイン産業であるこの村は、自然豊かではあるが、娯楽施設がほとんどない。たまに来る観光客も、数十年前から時間が止まっているような村の雰囲気を楽しんでいた。

拓弥はどちらかというとインドア派で、外に遊びに行くことは滅多になかった。が、一番近いファストフード店まで、バスと電車を乗り継いで二時間ほどかかる場所に住むというのは、やはりそれなりの覚悟がいる。

とはいえ、この村には小春がいた。それはなにより重要なことだ。

拓弥が多島家の養子になったら、これからもずっと彼女と同じ家で暮らせるようになるのだろうか。実際に血が繋がっているわけではないので、その気になれば結婚だって可能なはず――。

(小春姉さん……まだ起きてるよな。部屋に行ってみようかな)

十二年間、会えなかったのだ。話したいことはまだまだある。

が、妙に緊張して、なかなか腰が上がらなかった。子供の頃はなにも気にせずに彼女の部屋に遊びに行けたというのに。

(こんな名家にお嫁入りしたからかな。小春姉さん、ちょっとだけあの頃と雰囲気変わったよな。仕草がより上品になったというか。それに――）

三十二歳の小春の、昔よりも遙かに熟成された艶めかしさは、事あるごとに拓弥の胸を高鳴らせた。おっとりとした優雅な所作《しょさ》の中に、なんともいえぬ色気が漂っている。先ほどの夕食で、彼女が天ぷらを食べている姿を見て、それにすら拓弥は密かな興奮を覚えた。

衣をまとったオクラを、そっと開いた朱唇で咥え、サクリと噛む。なめらかな輪郭の顎が咀嚼《そしゃく》のために上下に揺れ、やがて噛み砕かれた粒々とネバネバが呑み込まれるほんの一瞬、ほっそりとした喉に小さな筋が浮かぶ。

それだけのことに目を奪われてしまった。気づけば顔が火照っていて、そのまま見続けていたら熱い血が下腹部にまで流れ込んでいたかもしれない。

（思い出しただけで、またドキドキしてきた……）

仰向けのまま目を閉じ、しばし呼吸を整える。

が、時が経つほどにムラムラとした気持ちは高まり、ついには股間のものも疼きだした。自分でも不思議なくらいの淫気の高揚。

（これは……もしかしたら、昼間、フェラチオをしてもらったせいか？）

今度は一美のことを思い出す。あの甘美な口奉仕を。

そして、彼女の言いかけたことがやっぱり気になった。

(調べてくれるって言ってたけど……いったい僕にどんな秘密があるんだろう)

頭の中と股間、どちらもざわついて、このままでは今夜はとても眠れそうにない。オナニーで、一、二発ほど抜けば、少しは落ち着くだろうか。

だが、すでに女の身体を知った身としては、自らの手で慰めるのはなんとも味気なかった。

スマホで時刻を確かめる。もうじき九時半というところ。まだ夜は長い。

「……よしっ」

拓弥は起き上がり、こっそりと座敷から出た。母屋に繋がる長廊下の様子をうかがう。物音一つ聞こえなかった。

やましい気持ちがあるので、できれば誰にも気づかれずに出かけたい。縁側のガラス戸を、なるべく音を立てないように開く。踏み石の上に下駄が置かれているので、それを履《は》いて庭を忍び歩き、裏門から屋敷を出た。

月と星の煌《きら》めきに照らされ、夜道はそれほど暗くない。こんな時間に人目を忍んで出かける——そのことに心を躍らせ、拓弥はカランコロンと下駄を鳴らした。

いざ、金田商店へ。

## 5

例の看板が見えてくると、拓弥は足を早めた。

すでに正面のシャッターは下りていた。別の出入り口を探し、建物の右側に小さな玄関を見つける。深呼吸をして、心を落ち着けてからチャイムを押した。

しばらく待つ——が、反応はなし。

（あれ……？）

もう一度、チャイムを押してみる。だが、結果は同じだった。

ポケットからスマホを取り出す。まだ十時前だ。いい大人が寝てしまう時間とは思えない。

（もしかして、外出中か？）

拓弥の胸の内の熱がみるみる冷えていった。なんの約束もせずに訪ねてきた自分が悪いのだが、がっかりせずにはいられなかった。

それでも股間のものは未練がましくジンジンと疼き続けている。屋敷を出たときよりもさらに盛りがつき、衣擦《きぬず》れの刺激だけで八割ほど充血し、窮屈《きゅうくつ》なズボンの中から解放されるのを待ち望んでいた。

（……しょうがない。また明日、来てみよう）

きびすを返し、とぼとぼと歩きだす。

と、夜道の向こうから誰かがやってきた。月明かりが相手の顔を照らしてくれる。一美だ。拓弥は頬が緩むのを抑えられなかった。「こ、こんばんは」

「あら、拓弥くん、どうしたの、こんな時間に？」

一美は目を丸くして驚く。

が、すぐになにかを察したようで、からかうような笑みを浮かべた。

「ふふふっ、そんなに昼間の続きがしたかったの？　若い子はしょうがないわねぇ」

そうは言いつつも、彼女自身、まんざらでもなさそうである。

あながち誤解でもないので、拓弥は苦笑するしかなかった。

しかし、蜜戯だけが目的ではない。「僕、多島家の人間だって言われたんです。一美さん、なにか知ってますか？」

「あら、なぁんだ、言われちゃったんだ」

一美に驚いた様子はなかった。昼間、拓弥の精液を飲んだ時点で、すでにそう確信していたという。

「そこまで知っちゃったんなら、もうあたしが隠してもしょうがないわね。じゃあ話してあげる。ここじゃなんだから、うちに入って」

「すみません、お邪魔します」

なんでも彼女は、今日はいつもより早く雑貨店を閉めて、情報集めに精を出してくれていたらしい。そのついでに蕎麦屋で夕食を済ませてきたそうだ。

「なにかわかりましたか？」

「うん、まぁ、いろいろとね」

玄関から家の中に入ると、例の居間ではなく、二階の一室に案内された。六畳のこぢんまりとした部屋で、元は彼女の私室だったという。

「今はもう、この家のすべての部屋が私のものだから、ここは寝起きするためだけに使っているんだけどね」

確かに机もなければ本棚のたぐいもない。家具といえば小さなタンスがあるくらいだ。後は熱帯夜を乗り切るための扇風機があるのみ。

しかし、その殺風景さが、よけいに男の劣情を煽る。ここが寝るためだけの部屋なのだと強く意識させられる。しどけない女の寝姿が脳裏に浮かび、若茎はますます高ぶった。

（ああ、なんだかエロいことばっかり考えちゃうな……ん？）

部屋の窓は全開だったが、ぬるい微風がときおり入ってくるだけ。一美は、扇風機のスイッチを入れると、その次に押し入れのふすまを開ける。

座布団でも出すのかと思いきや——なんと敷き布団を引っ張り出し、部屋の真ん中に広げていった。

「え……か、一美さん？」

「うふふっ、さあ、脱いで」

潤んだ瞳、色づいた頬。一美の顔は、すでに発情した女のそれだった。

「お口でするより気持ちいいことしてあげるって言ったじゃない。君もそれを期待してたんでしょう？　お股をそんなに膨らませちゃってぇ」

Tシャツの裾でギリギリ隠せているつもりだったが、拓弥の股間のテントに、一美はしっかりと気づいていた。

「いや、あの、それはそうなんですけど……でも、気になるから先に話を——」

「ダァメ、話は後よ」一美の人差し指が、拓弥の唇にぴたっと当てられる。「いろいろ調べてあげたんだから、まずはご褒美をちょうだい。じゃないと、なんにも教えてあげないんだから」

身を擦り寄せ、甘ったるくおねだりをしてくる一美。

さらに彼女は、拓弥の手をつかみ、タンクトップの胸元に導いた。

拓弥の掌に、布地越しの女の温もりと、ブラジャーに包まれた乳肉の柔らかさが伝わってくる。

「おううっ……わわ、わかりましたっ」

すっかり牡の情欲に火がついた拓弥は、Tシャツを脱ぎ、ズボンとパンツを脱ぎ捨てた。ギンギンに反り返った若勃起を露わにする。

一美は、きゃっと嬉しそうに声を上げた。「何度見ても惚れ惚れするようなオチ×ポよねぇ。これで、さぞやたくさんの女を泣かせてきたんでしょう？」

「そ、そんなことないですよ。昨日、幸乃さんとしたのが初めてです」

「あら、そうなんだ。ふぅん……だとすると、ちょっと悔しくなってくるわね。あたしが君の童貞をもらいたかったなぁ」

などと茶目っぽく言いながら、一美も服を脱いでいった。今度はデニムパンツだけでなく、タンクトップも、ブラジャーも。

そしてパンティが、ムチムチと張り詰めた太股を滑り落ちていく。

剝き出しになった恥丘の膨らみは、野性的な茂みに覆われていた。縮れた一本一本が、燃え盛る炎のように立ち上がっている。

（一美さんの裸、グラビアアイドルみたいに整っているわけじゃないけれど……なんていうか、この緩さが妙にエロいな）

三十五歳の女の身体は、実にしっかりと脂が乗っていた。腰のくびれはなだらかで、いかにも田舎でのびのびと育った女体という感じである。いうなれば天然物の魅力だ。

吸い寄せられるように手を伸ばし、拓弥は、初披露された生乳《なまちち》に掌を被せた。

片手ではわずかに収まり切らぬ程度の、揉みやすく、かつボリュームも愉しめるという、まさにちょうど良いサイズの膨らみだった。拓弥は両手で双乳に挑み、思う存分にその柔らかさを堪能《たんのう》する。

「ああ、とてもいい揉み心地です」

掌に硬い感触が当たってきたので、拓弥は肉突起を指先で転がし、上下に弾いた。

一美は悦びに眉をひそめ、女体を細かく震わせる。

「はぅん……ふふっ、そうでしょ。でも、この村の女は、オッパイ大きい人がなぜか多いから、そんなに自慢もできないのよね。拓弥くん、成人の儀式で、幸乃さんのスーパー巨乳を見たでしょう？」

あの人、何カップか知ってる？　と尋ねてきた。拓弥は首を横に振る。

「Kカップよ。私のDだって世間一般では大きいオッパイの範疇《はんちゅう》だけど、さすがにKには敵《かな》わないわぁ。それでいて身体も綺麗なんだもん。反則よぉ」

Kカップ！　大きいとは思っていたが、まさかそこまでとは。

拓弥は感嘆の溜め息を漏らした。「……なんか、とんでもないですね」

個人的にはEカップ辺りから〝巨乳〟というイメージだが、Kというと、その遙か先である。

「けど……一美さんだって、お尻の大きさなら幸乃さんに勝ってますよ」

両手を彼女の後ろに回し、今度は尻たぶを鷲づかみにした。掌から余裕ではみ出す大ボリューム。そのインパクトは、幸乃の爆乳にも負けていない。

「僕、こんなに立派なお尻を見たのは初めてです」

「……それ、褒めてる？」

「ほ、褒めてますよ。太っていてお尻が大きい人はいっぱいいますけど、一美さんは違うじゃないですか。形も崩れていないし、とっても魅力的です」

「ほんとに～？」

怪訝《けげん》そうな目をしながらも、口元は素直に笑っていた。一美は、拓弥の屹立に指を絡め、愛おしげに撫で上げる。根本から亀頭に向かって、するり、するりと。

「ね、幸乃さんとのセックスが初めてだったのよね？」今や二人の身体は、密着といってもいいくらいに接近していた。煙草の香りを含んだ吐息が、拓弥の顔にまとわりついてくる。「女の身体を悦ばせる方法とか、いろいろ教えてもらえた？」

「い、いいえ」親指の腹で裏筋をこね回され、拓弥は声を震わせた。

「でしょうねぇ。あの人、セックスも堅物そうだから」一美は、勝ち誇ったように唇の端を吊り上げる。「いいわ。じゃあ、あたしが教えてあげる」

二人はいったん離れた。一美は敷き布団の上で仰向けになると、M字開脚で大股を広げる。「ほぉら、オマ×コ、よく見えるでしょう？」

自らの指を大陰唇にひっかけて、左右にぱっくりと開帳させた。

女の亀裂の内側で、色鮮やかなラビアが花開いている。

（お、おおっ……凄い、穴の奥まで覗けそうだ）

拓弥は、たまらずカウパー腺液をちびらせた。古びた畳の匂いと、吊り下げ電球の煤《すす》けた灯《あか》りが、退廃的なエロスの空気を盛り上げる。

四つん這いになって、女の股の間に潜り込んだ。かぶりつきの特等席で、女陰の隅々まで観察する。

昨日見た幸乃の女陰に比べると、大陰唇の膨らみはこちらの方が肉厚だ。一方、小陰唇はよじれたところもなく、すっきりとした印象である。

「あぁん、そんなに見られたら、さすがに恥ずかしくなっちゃうわ」

頬を赤らめる一美。しかし、それでも好色そうな笑みは絶やさない。

一美の指が、ラビアの合わせ目にある包皮をつまみ、引っ張ってめくり上げる。中から肉の豆粒がツルンと飛び出した。

「あっ……クリトリス、ですよね？」

「ええ、そうよ。幸乃さんは見せてくれなかった？」

一美による、淫らな保健体育の授業が始まる。

「女のオチ×ポって言われるくらい、ここをいじられるととっても気持ちいいの。指先で、こうよ、こんな感じに……さ、君もやってみて」

「は、はいっ」

お手本どおりに、中指の腹をクリトリスに当てて、そっと撫で回した。

途端に、豊満な女腰がビクビクッと跳ね上がる。「はう、ううっ……そ、その調子で、続けて……」

拓弥は、軟膏を塗り込むように指を動かし、様々な角度から肉真珠を磨き込んだ。

一美の呼吸がどんどん乱れていく。彼女の爪先が、ときおりグッ、ググッと、内側に曲げられる。

一美が感じているのは間違いなかった。もっと、さらに悦ばせたいと、拓弥の欲望は高まる。

「一美さん、あの、舐めてもいいですか……？」

「え……ええ、構わないけど……いいの？　あたし、まだお風呂に入ってないわよ？待っててくれるなら、ざっと洗ってくるけど」

「いえ、このままで大丈夫です」

淫気が高まった今、女の汚れなど気にならなかった。腹這いになって女陰に口先を近づけると、熱気のように立ち上る恥臭が拓弥の顔を撫で上げる。磯の香りと、秘めやかな刺激臭が、混ざり合って鼻腔に入り込んできた。

さすが丸一日溜め込んだ匂いだけあってかなり濃厚だが、臆《おく》するどころかむしろ牡の官能は荒ぶるほどだった。舌を伸ばして、パンパンに膨らんだ肉豆を舐め上げると、塩気を帯びた複雑玄妙な味わいが食欲をそそる。草叢《くさむら》に鼻先を突っ込んで、夢中になって舌を這わせた。

「おっ……ふうぅ！　いいわ、いいっ……誰かにクンニしてもらうの、ひ、久しぶりよぉ……お、お、お……ううん、クリ、クリが、溶けちゃいそうぅ」

首を左右に振って、悩ましげに悶える一美。拓弥は、彼女の巨尻をつかみ、円を描くように柔肉を弄びつつ、なおいっそうクリトリスを舐め転がす。唇を当てて、チュウチュウと吸い上げる。

いつしか膣口からは淫らな蜜がトロトロと流れ出していた。拓弥はその液体を舐めてみる。酸味の中に仄かな甘みを感じた。

かすれた声で一美がせがんでくる。「ゆ……指……入れてェ」

拓弥はいったん口奉仕をストップし、言われたとおりに中指を膣穴に差し込んでみた。蜜に蕩けた肉路は、指の一本程度、たやすく付け根まで受け入れる。

「ね、ねえ……気づいた？　ザラザラしたところがあったでしょう。それが、Gスポットよ」

「ザラザラ……？」拓弥は指をゆっくりと抽送し、肉路の中を探ってみた。

すると、天井側の膣壁に、しこりのようなものを感じる部分が見つかる。他の部分も膣襞の凹凸を感じたが、そこは特別に摩擦感が強かった。

「ここですか？」と言って、指先で軽く押してみる。

「そ、そこオオォ」一美は、獣のようなうなり声を上げた。

膣口から五、六センチほどのこのポイントが、女の急所の一つだという。指の腹でノックするように叩かれると、痺れるような快美感が込み上げるのだそうだ。

拓弥は、Gスポットをトントンと叩きながら、クリトリスへの愛撫も再開した。肥大して剝けっぱなしとなった肉蕾を、親指と人差し指でつまんでシコシコとしごく。とうとう一美は悲鳴を上げて哀願してきた。「ひいぃんッ！　ダ、ダメ、イッちゃいそう。お願い、指はもういいから、オチ×ポを、オチ×ポをちょうだいッ」

「はい、わかりましたっ」

拓弥の興奮も限界寸前だった。待ち焦《こ》がれて狂ったように跳ね続けている肉棒を握り、粘膜の窪地に亀頭をあてがう。

腰に力を入れて押し込むと、一瞬の抵抗感の後、若勃起はヌルンッと膣内に呑み込まれた。濡れ肉に雁首を擦られ、たまらない肉悦が駆け抜ける。

「うおっ……おおおぅ」

「ああっ、す、すっごい大きい」一美は息を詰まらせるように呻いた。「う、ううっ……さ、さあ、来て、もっと奥までっ」

言われるまでもなく、さらに深く侵入する。折り重なった肉襞を搔き分けて突き進み、ペニスが埋まりきるまで、膣穴の奥底まで刺し貫く。

終点の壁に亀頭がめり込むと、一美は喉を晒《のぞ》して仰《の》け反った。「ヒッ……！」

拓弥も思わずうなり声を漏らしていた。膣路を三分の二ほど進んだところに肉襞の出っ張りがあり、そこだけトンネルが狭くなっていたのだ。

その部分を潜り抜ける瞬間、雁首をグリッとくびられ、強烈な愉悦が走ったのである。幸乃の女壺にはこんな出っ張りはなかった。もしかして――

「一美さんのオマ×コ、メチャクチャ気持ちいいんですけど、これ、名器ってやつですか？」

「え……ああ、うん、あたしとした人はみんなそう言うわね。自分ではよくわからないんだけど」

彼女が意識的にその部分を締め上げている――というわけではないらしい。きっと生まれつきこういう構造の膣穴なのだろう。

「でも、君のオチ×ポだって、名器って言っていいんじゃない？　雁の膨らみや、竿の反り具合が……ああん、たまらないわぁ。ポルチオにも楽々届いてるし」

一美は艶めかしく腰をくねらせる。上下に、左右に、破廉恥なグラインドによってペニスに絡みつく肉襞。

ウウッと呻き、拓弥は尋ねた。「ポ、ポルチオ……って、なんですか？」

「ポルチオっていうのはね、膣穴の一番奥――子宮の入り口辺りにある、女の急所の一つよ」

そこを突かれると、愉悦の痺れがジーンと広がり、腰が抜けそうになるという。

「こう、ですか？」

正常位で早速ピストンを始め、様子を見るように膣底をノックした。

トン、トン、トンと、軽く亀頭を打ちつけると、すぐさま一美は卑猥な笑みを浮かべて悶える。

「そそ、そうよぉ、おおっ……も、もっと強くしても、大丈夫だからっ」

「もっとですね。はいっ」

ムチムチの太腿を抱え込み、勢いをつけて肉の楔《くさび》を打ち込んだ。

「ふんっ、ふんっ、ふんっ、くうぅっ」

膣襞の出っ張りがピンポイントでペニスを圧迫し、摩擦快感をさらに甘美なものにしてくれる。ピストンで腰を引いたときなどは、亀頭の傘の部分がひっかかってめくれそうになり、拓弥は奥歯を噛んで激悦に耐えた。

「ふっ、ふうっ、じゃあ、ポルチオって、Gスポットみたいなものですか？」

「そ……そうね……ウウッ……だ、けど、おおっ」

じっとりと汗に濡れ、敷き布団に皺を寄せながら悩ましくよじれる女体。

「ひ、人にもよるだろうけど……あたしは、ポルチオの方が断然好きっ……あ、あ、そこが一番、感じるの……おほぉ、もう、イッちゃいそうぅ」

指と舌の愛撫で充分に温まっていた女体は、早くも絶頂を迎えようとしているらしい。悦びと苦悶に歪んだ表情、玉の汗を浮かべた額、唇の端からはだらしなくよだれが垂れている。

拓弥も汗だくになって腰を振った。火照った身体を冷やすには、扇風機の風程度では到底足りない。男と女の汗が混ざり合い、芳ばしい淫臭が立ち上っては散らされる。

（うおお……ぼ、僕も……）

肉襞の下ろし金で雁首を擦り立てているうち、気づけば射精感が限界を超えようとしていた。嵌め腰を加速させ、膣穴の掘削にラストスパートをかける。膣底に高速ジャブの連打を叩き込み、休む暇なくポルチオを震わせる。

「ひ、ひいっ、くううう！　あぁぁん、子宮が、しびっ、痺れるウゥ！」

ジュボ、チュボ、ヌチョ、グチョ、グポポッ。結合部から、泥を掻き混ぜるような下品な音がなおいっそう漏れ出した。

白蜜をまとって肉穴に出たり入ったりする若勃起。その眺めが、さらに牡の官能を高める。睾丸が迫《せ》り上がり、カウントダウンが始まった。そして――

「イッ、イキますっ……で、出るゥ!!」

脳髄が蕩けそうな肉悦と共に、大量のザーメンを尿道口から噴き出す。

亀頭を膣底に押しつけ、ビクンビクンと鎌首をのたうち回らせる。

「うひぃ、出てる、いっぱい注がれてるゥ！」

女を狂わせる精液が瞬く間に膣穴を満たし、襞の隙間から浸み込んでいく。

拓弥が、射精を続けながらなおもピストンを敢行すると、数秒のうちに一美もガクガクと痙攣を始めた。

半分白目を剝いた、はしたなくも幸せそうなアヘ顔を晒して、

「あぁぁ、オマ×コ熱ぅいッ！　イクッ、イクッ、イッグゥううーッ!!」

卑猥すぎる絶叫が、開け放たれた窓から外に向かって響いていく。

村のどこかで犬の遠吠えが始まった――。

## 6

オルガスムスに達した女壺は力強く収縮し、射精の発作が収まりつつある肉棒を、ギューッ、ギュギューッと、容赦なく揉み込んだ。

幸せホルモン満点の牡汁が最後の一滴まで搾り尽くされる。その間、拓弥は歯を食い縛ってひたすら耐え忍んだ。

ようやくそれが終わると、一美の隣に倒れ込む。仰向けになって乱れた呼吸を整えていると、どこか残念そうに彼女が言った。

「……もう、あたしの上に倒れてくれて良かったのに」

「え……？」

「いいわ、じゃあ、あたしが君の上に乗っかっちゃう」

悪戯っぽく微笑んで、一美は身を起こす。ゴロンと横に転がると、拓弥の上に女体を重ねてきた。互いの胸の間で、双乳が押し潰され、柔軟に形を変える。

「重い？」

心地良い重みだったので、拓弥は首を横に振った。「い、いいえ」

「そう？　うふふっ、良かった」

一美の唇が、拓弥の頬にチュッと触れる。

頬とはいえ、キスは初めてだったので、顔がカーッと熱くなった。

つい舞い上がってしまい、彼女の背中に両腕を回して、そっと抱き締める。一美は、うっとりとまぶたを半分閉じ、熱い溜め息をこぼした。

火照った女体の温もりを味わいつつ、拓弥は両手をずらし、形の良い巨尻を撫で回す。掌をいっぱいに広げて揉みほぐし、プリプリとしたその弾力を堪能した。

「ああん……ふふっ」

一美は嬉しそうに身をくねらせる。

胸と胸、腹部と腹部、太腿と太腿――擦れ合う、濡れた身体同士。

女の肌の感触に、拓弥は酔いしれた。抱擁に挟まれたペニスが、柔らかな下腹で擦られて、かそけき快美感に優しく包まれていた。

しばらくは情事の後に戯れる恋人たちのように過ごす。が、やがて拓弥は、ここに来たもう一つの目的を思い出した。

「あの、昼間の話の続きなんですけど、僕のことでなにかわかりましたか？」

一美は、小鳥がついばむようなキスを続ける。拓弥の首筋に、そして肩に――最後に乳首に唇を当てて、チュッと強く吸い上げた。甘い痺れが走り、拓弥は「うっ」と呻く。

「いろいろとわかったわよ」と、一美は言った。表情が少し真剣になる。「知らない方が幸せということも世の中にはあるけど、それでもご両親のことを知りたい？」

「え……」

穏やかでない前振りに、拓弥は一瞬ひるんだ。だが、そう言われてはよけいに気になる。「は、はい、知りたいです」

「……いいわ、じゃあ教えてあげる」

一美は結論から述べた。あなたは先々代の多島家当主の子供だ、と。

彼女の調査によると――拓弥の母親は、何度も多島家の当主とセックスをしていたらしい。先々代というと、小春の亡夫である多島功の父親だ。

そのころの拓弥の母親は、まだ頭痛は始まっていなかったらしく、単純に幸せホルモンを求めてのことだろう。そういう村の女は珍しくないという。

そして請《こ》われれば、基本的に多島家の当主は断ることはなかった。多島家の双子の姉妹も言っていたが、それが当主の務めということらしい。

「じゃあ……多島家の当主って、あっちこっちでセックスしていたんですか？　それで、どうして跡継ぎに困っているんでしょうね」

「どうやら多島家の男の精子は、妊娠させることにはめっぽう弱いらしいのよ。それでも妊娠する可能性はなくはないから、十六歳の儀式で巫女さんがもれなくチェックしてるんだと思うわ。もし多島家の血を引いている子が見つかったら、養子として迎えるのよ」

この村ではそれが普通のことなのだ。だが、そんな村の常識に馴染めない者がいた。拓弥の父親だ。彼は元々、村の外から来た人間だった。

最初は我慢していた父親も、妻がよその男とセックスをしていることに、ついに堪《かん》忍袋《にんぶくろ》の緒が切れた。そんな風習が根付いているこの村にも愛想が尽きたようだった。

「君のお母さんの友達を探して、当時の話をうかがったの。君のお母さんは、村を出るか、離婚するか、お父さんから迫られたんですって」

拓弥の母親は、やはり夫を愛していたのか、村を出ることを選んだ。それが今から十二年前のことだという。

「そ、それじゃあ……僕は父さんの子供じゃなく、そのときの多島家当主と母さんがセックスして生まれた子供ってことですか!?」

「集めた情報から考えると、それに間違いないと思うわ。なんといっても君の精液には多島家の男の特徴があるし。それこそDNA鑑定でもすればはっきりするだろうけど」

拓弥はしばらく声を出せなくなる。驚くべき話だった。

現時点で、彼女の話を裏づける物的証拠はなにもないらしい。だが、彼女を疑う気持ちは湧いてこなかった。

今になって思うと、拓弥にも心当たりがあった。拓弥の父親は優しかったが、どこかよそよそしい態度を見せる瞬間があったのだ。たとえば、悪戯をした拓弥を叱るときなどにも。

また、拓弥は母親似だったので、父方の親戚の集まりなどで「拓弥くんはお父さんに全然似てないねぇ」などと、たびたびからかわれたものだが、そのときの父親はなんとも不愉快そうに顔を引き攣《ひ》《つ》らせていた。

(父さんも、僕が実の息子ではないんじゃないかと疑っていたんだろうな)

それでも暴力を振るわれるようなことはなかったし、大学の入学金や学費も払ってくれた。赤の他人の息子ではないのかと疑いつつも、父親の務めを果たし続けてくれたのだから、拓弥としては感謝しかない。

無言で感慨に耽っていると、一美が心配そうに尋ねてきた。

「拓弥くん……ショック？　やっぱり聞きたくなかった？」

「あ……いいえ、驚きはしましたけど、ショックってわけでもないです。血の繋がりにそれほどのこだわりもないですし」

ともかく、これで自分が多島家の血を引いている理由もわかった。拓弥は、ありがとうございますと、一美に礼を述べる。

「そう、なら良かったけど」一美は、ほっと溜め息をついた。

するとその表情が、みるみる淫靡なものに変わっていく。再び甘えモードになると、コケティッシュに小首を傾げて尋ねてきた。「ねえ、じゃあこの後はどうするぅ？なんだったら今夜は泊まっていってもいいわよ」

一人暮らしの女の家に泊まる——それは実に心引かれる申し出だった。が、

「すみません、誰にも内緒で屋敷を出てきたので、そろそろ帰らないと……」

「あら、そうなの？　まあ、今から夜這いに行ってきますとは言えないわよねぇ。ううん、残念」

一美は納得する。しかし、ただで拓弥を帰そうとはしなかった。

「じゃあ、その前にもう一回だけ……ね、いいでしょう？」

拓弥の足下まで身体をずらすと、肉棒を咥えてチュパチュパとしゃぶり立てる。女の下腹部を押し当てられ、淡い官能を保ち続けていた肉棒は、あっという間に完全なる勃起状態を取り戻した。

「うふふっ、ねえ、今度は違う体位でしてくれる？」

四つん這いになり、魅惑のデカ尻を突き出し、バックでの挿入を求めてくる一美。ザーメンと牝の本気汁で膣口はグチョグチョに爛《ただ》れていた。

その猥褻《わいせつ》さに劣情を刺激され、拓弥はたまらず若勃起を嵌め込んだ。脂の乗った腰を鷲づかみにし、早速ピストンを開始する。

「いっ、ひっ、いひぃぃ……中出しされた後だから……あ、あっ、なおさら、感じちゃうのおぉ……お、おお、くううぅん」

拓弥の精液によって、一美は今、強い幸福感に包まれていた。

それにセックスの快感が加われば、通常の性行為では到底得られぬ愉悦となるそうだ。拓弥の母親も虜《とりこ》となった、多島家の男だけが与えられる女の最高の悦びである。

「ああっ……凄いわ、バックからなのに、奥までしっかり届いてるぅ」

一美は巨尻の持ち主なので、後背位で結合すると、男の腰が肉厚の尻たぶに遮られてしまい、挿入が浅くなることがあるそうだ。

しかし拓弥の巨根をもってすれば、膣の奥底に亀頭を叩きつけることも充分可能だった。腰使いにも慣れてくれば、ますます軽快にポルチオを打震する。

「く、くっ……ううーっ」

背中をよじって悶え乱れる一美。その有様を眺めながら、拓弥はせっせと腰を振り続けた。燃えるような膣内の熱さと、女蜜をたっぷり吸った肉襞の摩擦感に、新たな射精感がじわじわと湧き出す。

と、喘ぎ交じりに一美が言った。「ね、ねえ、拓弥くん……一つ、お願いがあるの……もし嫌だったら、断ってくれて構わない……んんっ……だけど、おおっ」

「な……なんですか？」

一美には感謝しているので、自分にできることならなんでもしますと伝える。

すると彼女はぽつりと呟いた。お尻をぶってちょうだい——と。

「……はい？」

「あたしね、ちょっとだけマゾ気質なの。痛いのも、ある程度なら気持ちいいのよ。だからお願い。オマ×コ嵌めながらお尻叩いてぇ」

「え……そ、それ、本気で言ってるんですか？」

一美は本気だった。「スパンキングっていうの。さ、さ、悪さをした子供にお仕置きをするような気分で、思いっ切りやっちゃってぇ」

なんでもしますと言ってしまった手前、今さら断ることもできない。

拓弥は右手を振り上げた。誰かを叩いたことなど、これまで一度もない。覚悟を決めて、掌を振り下ろす。

パァンッと、思った以上に大きな音が鳴った。やりすぎたかと後悔する。

だが、一美の口からは悩ましい媚声が漏れた。「おおぉんッ——い、いいわぁ、その調子で、もっと強くウゥ」

「ええっ……わ、わかりました」

言われたとおりにさらに力を込めて叩く。一美は、ますます嬉しそうに悲鳴を上げた。平手がぶつかるたび、膣口がキューッ、キュキューッと緊縮する。

真っ赤に腫《は》れてきた尻肌を見ているうち、拓弥の胸中に嗜虐的な衝動が湧き上がってきた。左手も使って、助平すぎる年増女の豊臀に仕置きを加え、これまで以上に激しく抽送を行う。

膣路を狭める肉門が、雁首にひっかかり、裏筋をゴリゴリと擦った。しかし、拓弥はひるまずに嵌め腰をヒートアップさせる。膣底を強く穿《うが》つたび、一美の乱れ具合はより熱を帯びてエスカレートした。

「一美さん、こんなに突いても、痛くないんですか？　いや、痛いのがいいんですねっ？」

「そ、そうよ、そうなのッ。思いっ切り、お腹を突き破るくらいに突いてッ！」

拓弥は渾身の力を込めて肉棒を打ち込んだ。荒々しい連打で奥の壁を抉《えぐ》り続ける。

パンッ、パンッ、パーン！　と、下腹と巨尻のぶつかり合う音が鳴り響いた。平手による打擲音《ちょうちゃくおん》と交ざって、複雑なリズムを刻む。

今や一美は、両腕で身体を支えることもできなくなり、上半身を突っ伏した。敷き布団に顔を埋め、獣の如きうなり声を漏らし続ける。

「ンギッ……オオオッ……ウグウゥウッ！」

布団のカバーに爪を立ててバリバリと引っ搔《か》く姿は、暴力的に犯されて苦しんでいる女のようでもある。

だが、自らも淫らに腰を使い、抽送に力を貸していることから、一美がこの苦痛すら悦びに変えているのは間違いなさそうだ。拓弥は安心してピストンを喰らわせ、張り出した雁首で膣襞を搔きむしった。

よく弾《はず》む尻クッションで反動をつけ、さらにストロークを苛烈にする。嵌め腰の荒々しさに部屋が揺れ、吊り下げ電灯《でんとう》の灯りも揺れ、女体の陰影が妖しく蠢いた。射精のときはもはや目前——。

「イクッ……イキますよ、一美さん……！」

「ンホオォ、オオォ、来てェ、あたしもイグゥ、ウウーッ！」

拓弥は、片手を彼女の股間に潜り込ませ、指で女陰を探る。

パンパンに張りつめた剝き身の肉豆を見つけだすと、力一杯つねり上げた。

予想外の攻撃に一美は驚き、電気ショックを打ち込まれたかのように背中を仰け反らせる。この一撃がとどめとなった。

「ヒイイイッ、イ、イグぅうッ！　イグイグッ、ヒグゥうううーッ!!」

その直後、拓弥も絶頂に至る。狂暴なる興奮と激悦に翻弄され、めまいすら覚えながら煮え立つ白いマグマを大量に注ぎ込んだ。

「ううっ……うおおおッ!!」

「ふぎぃ、ま、また凄い量……こんなに出されたら、頭おかしくなる、バカになっちゃウウゥ……！」

二度目の多島家ザーメンを注入され、一美は、まるで桃源郷に入り込んだような、なかば白目の呆《ほう》けた顔を見せる。そして力尽き、全身で布団に倒れ込んだ。その後はぐったりと動かなくなる。

身体の感覚がおかしくなってしまったのか、心配した拓弥が軽く背中に触れただけで、媚声を漏らしてビクビクと震えた。

「さ……触らないでぇ……またイグううぅ」

# 第三章　牧場妻の生ミルク

## 1

金田商店を辞して、多島家の屋敷に戻ってきた頃には、そろそろ日付が変わろうとしていた。

両親の過去の秘密を知り、また過激なスパンキングプレイを体験した拓弥は、今夜、これ以上なにかが起こるとは夢にも思っていなかった。

一美との交わりでたっぷりと汗をかき、身体には女の匂いが染みついていた。寝る前にシャワーを浴びようと浴室に向かう。小春からは、いつでも好きなときに風呂もシャワーも使っていいと言われていた。

月明かりの差し込む廊下はとても静かで、聞こえてくるのは虫の音ばかり。

（みんな、もう寝てしまったのかな）

迷惑にならないよう足音を忍ばせて歩いていき、脱衣所の引き戸を開けようとした――そのとき、微かな人声が聞こえたような気がした。

拓弥は耳を澄ます。やはり聞こえる。脱衣所ではなく、その奥の浴室からのようだった。誰だろう？　もしかして小春姉さんか？

別に覗くつもりはなかった。ただ、もし浴室にいるのが小春だとしたら――彼女が身体を洗っている音をちょっとだけでも聞きたいと思った。それに、なにを言っているのかも気になる。独り言か、あるいは鼻歌でも歌っているのだろうか。

そっと引き戸を開けると、浴室から響くエコーがかった音は、よりはっきりと聞こえてきた。

（え……？）

それは間違いなく小春の声で、そして妙に艶めかしい音色《ねいろ》を帯びていた。

『あ……ああっ……うぅん』

しばし拓弥は唖然とする。この声は、愉悦に浸る女の声としか思えなかった。

盗っ人のような足取りで脱衣所に侵入する。磨りガラスの向こうにいる小春の姿は判然としない。だが、

『う、うっ……くううっ……ああん、いい……』

その媚声だけで、自らを慰めている小春の姿が容易に想像できた。片手に余る乳房を揉みしだき、蜜を滴らせた割れ目をいじり回している痴態が――。

つい先ほど、濃厚なセックスで二度も精を放ったというのに、陰茎は早々に気色ばむ。憧れの女性のオナニーに我を忘れ、拓弥は半歩、もう半歩と、浴室の戸に近づいた。

その結果、ギシッと床を軋《きし》ませてしまう。小さな音だったが、侵入者の気配を感じさせるには充分だった。

『え……だ、誰かいるんですかっ？』

拓弥の顔から血の気が引く。返事などできようはずもない。

しかし、黙っているということは、やましい行為の証明だった。この家で雇っている使用人は女ばかりだし、そもそも皆、通いなので、この時間には家に帰っている。そして多島家の双子姉妹が脱衣所に忍び込んでくるわけもなかった。

『……拓弥さん、ですか？』

拓弥は観念して答える。「……はい」

『拓弥さん……ど……どうして？』

「どうしてって……それは、その……シャワーを浴びようと思ったら、浴室から小春姉さんの……こ、声が聞こえてきたから……」

『ああ……』磨りガラスの向こうから悲痛な声が漏れてきた。

『き……聞かれてしまったのですね……私の……恥ずかしい声……』

ごめんなさいと、拓弥は謝る。

すると今度は小春が黙ってしまった。気まずい時間がしばらく続いた。

「あの……気にすることないよ。女の人だって、そういうことをしたくなるときはあるよね」

返事はない。拓弥は焦った。これがきっかけで小春との仲がギクシャクするようになってしまったら——そんなのは絶対に嫌だ！

「ぼ、僕だってするよ」

『……え？』

「オ……オナニーくらい、僕もする。自分の家では、毎日してる。一日二回とか、さ、三回の日も……！」

『た……拓弥さん……!?』

「小春姉さんも全然恥ずかしがることないよ。人間の自然な欲求、なんだから。えっと、だからね——」

頭に血が上って、自分がなにを言っているのかよくわからなくなってくる。

「だから、もし良かったら、僕が……小春姉さんの欲求を解消するよ……い、いや、その、解消する、お手伝いをさせて」

『ちょ……ちょっと、拓弥さん、なにを言ってるんですか……!?』

拓弥の心臓がバクバクと暴れていた。肉棒は怒張してガチガチだった。

意を決して、浴室のガラス戸に手をかける。と、

『だ、駄目ですッ』

鋭い声に制された。彼女のそんな切迫した声を聞いたのは初めてで、拓弥の身体は硬直する。

ほんの数秒がとても長く感じられた。やがて小春は静かに告げた。

『気を遣《つか》ってくださったのは、嬉しいです。けど……もう充分ですから』

「え……いや、でも……」

『お願いします。どうか今日のことは忘れてください』

怒っている気配はない。だが、その言葉には、子供を諭《さと》すときの母親のような響きが籠もっていた。

『じゃないと私……恥ずかしくて、もう拓弥さんの顔が見られなくなってしまいます』

そう言われては、ここで無理に迫ることはできない。

「……わかったよ。ごめんね、小春姉さん」

拓弥は仕方なく引き下がることにする。

自分はなにか間違えてしまったのかもしれないと、陰鬱《いんうつ》な気分で離れに戻った。

**2**

翌日の小春は、やはりまだ昨夜のことを引きずっているようだった。

なにもなかったような態度に努めていても、動揺しているのが一目瞭然だった。朝食のとき、拓弥の視線に気づいた小春は、露骨に顔を引き攣らせ、二度も玉子焼きを皿から落としていた。

このまま気まずい雰囲気が続くのは、拓弥にはとても耐えられない。

朝食後、そそくさと自室に戻ろうとする小春に、思い切って話しかけた。「小春姉さん、訊きたいことがあるんだけど」

小春はおどおどと目を泳がせて返事をする。「な、なんですか、拓弥さん？」

「……この辺に、遊べるような場所ってある？」

「は、はい？」

「その……この村で大人が楽しめるようなことを、僕、全然知らないんだ」

拓弥が知っているこの村の遊びといえば、山に入って木に登ったり、虫取りをしたり、川で泳いだり、魚を捕ったり——もちろん今やっても楽しいだろうが、いい若者が山や川で遊んでばかりもいられないだろう。

「だから、大人の人たちの遊べる場所があったら、教えてほしいんだけど……」

実のところ、この村に大したレジャー施設がないのは、インターネットや地図アプリですでにリサーチ済みだった。

ただ、スマホの情報がすべてではない。それに今は小春と普通に会話をして、ギクシャクした関係を一刻も早く修復するのが大事だった。

「あ……そういうことですか」小春は、昨夜のことを蒸し返そうとしない拓弥にほっとした様子を見せる。「そうですね……この村の大人が行く場所っていったら、居酒屋くらいです。私は、お酒が苦手なので滅多に行きませんが」

「そうなんだ……でも僕、まだ十九だから……」

「そ、そうですよね」

小春は難しい顔で何度も首をひねり、やがてポンと手を打つ。

「そうだ、温泉があります」

「お……温泉……？」

それは拓弥も知らなかった。だが、正直なところ、温泉にそれほど興味はない。それがつい顔に表れてしまった。

「駄目ですか……？　ごめんなさい」しょんぼりと肩を落とす小春。

「あ……ううん、ぜ、全然駄目じゃないよ。遊ぶ場所ってイメージじゃないなぁと思ったんだけど、でも温泉は温泉で、楽しいよね。うん、僕、結構好きだよ」

早速、今日、行ってみると、拓弥は慌てて言った。

すると小春は、ようやく本日初めての笑顔を見せてくれる。「良かった。私も温泉は大好きなんです」

そして、嬉しそうに村の温泉の話を始めた。なんでも村の近くに温泉の湧き出ている山があるそうで、その山の持ち主である多島家が、山の中腹に露天風呂を造り、隠し湯としたのが、そもそもの始まりだという。

最初は多島家の人間にしか使用を許していなかったが、やがて村人たちにも開放されるようになった。現在は麓《ふもと》までパイプで繋いで湯を送り、村の中の温泉施設で利用しているという。

「その山の中の秘湯っていうのは、まだあるの？」

「ええ、無料で誰でも入れますよ。山道がちょっと大変だし、建物の造りもかなり古いので、最近は利用する人もだいぶ減ったみたいですけど」

拓弥としては、その秘湯の方に興味が湧いた。どうせ入るなら、かつて隠し湯と呼ばれたところの方が面白そうだ。

「せっかくだから、そっちに行ってみるよ。えっと、そうだ、じゃあ――」

小春姉さんも一緒にどう？　と言いかけ、寸前で口をつぐむ。

昨夜、小春の入浴中に脱衣所に侵入するという過ちを犯したばかりである。今、温泉に誘えば、警戒されるに決まっているではないか。

「どうかしましたか、拓弥さん？」

「な、なんでもないっ。お昼を食べたら、うん、すぐに行ってみるよ」

「そうですか。山に入ったら一本道なので迷うことはないでしょうけど、歩きやすい道ではないので気をつけてくださいね」

小春は、詳しい行き方を説明してくれる。役に立てたと思ってくれたようで、その後はにこやかに拓弥の前から去っていった。

彼女の後ろ姿を見送りながら、拓弥はフーッと溜め息をついた。

## 3

（こ……これは、思った以上に大変な道のりだ）

小春の丁寧な説明のおかげで、迷うことなく目的の山の入り口までたどり着けた。だが——同じ山道でも、八つ俣神社までの参道とは比べものにならない辛さだった。あちらは石畳でしっかりと整備されていたが、こちらは土が向き出しのままで、場所によってはほとんど獣道である。斜度もきつい。

しかも、かれこれ三十分ほど歩いているのに、先の開ける気配がまるでなかった。スマホの時計を見ると、午後二時を少し過ぎたところ。日光が木々に遮られているおかげでそれほど暑くはないが、しかし汗は止まらないし、息は切れる。

我慢できなくなって、道端の倒木に座り込んで一休みした。喉がカラカラだ。こんなことなら飲み物を持ってくるんだったと後悔する。

（もう帰ろうかな……でも、せっかく小春姉さんが教えてくれたんだし……）

首に巻いたタオルで額を拭う。目指す秘湯では、石鹸やシャンプーの使用が禁止されているると聞いたので、拓弥が用意してきたものはこれだけである。

と、そのとき――

「君、大丈夫？」

不意に声をかけられた。顔を上げると、一人の女性が立っていた。

明るく健康的な雰囲気の美人が、拓弥の顔を覗き込んでいる。心配そうに小首を傾げ、ポニーテールがさらりと揺れた。

一瞬、見惚《みと》れてしまうが、すぐにハッとなって拓弥は答える。

「あ……だ、大丈夫です。ちょっと疲れちゃっただけで」

「ふぅん、この山に登ろうとするなんて……もしかして温泉目当て？」

「はい。ここに秘湯があるって聞いて、やってきたんですけど……でも、こんなに歩くとは思っていませんでした」

「温泉は、もう少し歩けば到着するわ。けど君、顔色が良くないわね。山に入ってから水かなにか飲んだ？」

「い……いいえ」

温泉に入った後は喉が渇くだろうから、帰りに金田商店に寄って、よく冷えた炭酸入りのドリンクでも一気飲みするつもりだった。だが、まさか温泉にたどり着く前にこんなに汗をかくとは思っていなかった。

ポニーテールの彼女は、少し呆れたような顔をする。「駄目よ。いくら山道は涼しいからって、汗をかいたら水分補給をしないと」

明らかに年上の女性だが、顔立ちや表情がどことなく子供っぽい。

そのせいで二十代なかばに見えなくもないが、実際は小春より少し若い程度だと思われる。二十九、三十くらいか。

彼女は、背負っていた小さなリュックからスポーツドリンクのペットボトルを取り出し、拓弥に差し出す。「さあ、これを飲んで」

礼を言って受け取り、五百ミリリットルのそれを一気に飲み干した。だいぶぬるかったが、喉の渇きを癒せれば、今はどうでも良かった。

「ふぅ……ありがとうございます。少し楽になりました」

頭がすっきりしてくる——と、彼女の胸元の膨らみに気づいた。

なかなかの大きさがTシャツを張り詰めさせている。小春ほどではないが、一美のDカップよりは明らかに上だ。身をかがめているせいで、そのボリュームがなおさら強調されている。

「それは結構。でも、これからは気をつけるのよ」

そう言って、彼女は手を出す。拓弥は、失礼な視線を送らないように気をつけながら、空になったペットボトルを手渡した。

「さてと……ところで君、この先の温泉に入りに行くつもりだったのよね？」

「は、はい」

「そっかぁ」彼女は、眉間に皺を寄せ、ウーンとうなる。

「あの……なにか問題でも……？」

拓弥は不安になる。僕が行くと、なにかまずいのだろうか？　小春姉さんは、秘湯には誰が入っても構わないと言っていたけれど——。

「ひょっとして、村の人間しか入っちゃいけないんですか？　だったら僕……一応は、八つ俣村の出身なんですけど。最近、里帰りしてきたんです」

「え？　もしかして君、多島さんのお屋敷に泊まっているっていう——」

やはり田舎は噂話がよく広がる。どうやら彼女も、拓弥のことをすでに耳にしているようだ。はい、そうですすと、拓弥は苦笑しながら頷く。

彼女は、しばらくなにかを考え込んでいた。

拓弥をじっと見つめ、やがてにっこりと微笑む。

「そうなんだ。けど、温泉は誰が入ってもいいことになってるから、別に心配はいらないわよ。うん、じゃあ、一緒に行こう」

二人は自己紹介をした。彼女の名前は丑久保《うしくぼ》楓《かえで》。八つ俣村で牛を育てている農家の若奥さんだそうだ。

もう少し休んでから、また山道を歩いていく。楓の言うとおり、すぐに小さな建物が見えてきた。あれが脱衣所らしい。名家の隠し湯だったわりには、なんの飾り気もない、かなり質素な小屋である。

「元々は、もっと立派な建物があったらしいんだけど、五十年くらい前に、村の人の火の不始末で燃えちゃったんだって」

そのときにはもう、温泉の管理は多島家の手を離れていたので、小屋を建て直す費用も村で集めなければならなかった。この程度の小屋を建てるのが精一杯だったのだろう。

大した修繕もされていないようで、風雨に晒されて変色した羽目板がひび割れていたり、反り返っていたり、酷いところでは腐ってボロボロと崩れていた。

「まあ……この年季の入った感じも、僕は好きですけどね。わびさびっていうか、趣があります」

「うん、私も気に入ってるわ」

立て付けの悪さに少々手間取りながら引き戸を開ける。小屋の中は、左右の壁に荷物を入れるための棚が設置され、部屋の中央には、左右を区切るような衝立《ついたて》が縦一列に設置されていた。

正面の壁には、曇りガラスの大きな引き違い戸があった。その向こうが露天風呂になっているようである。

「男性は右側ね」と言って、楓は、衝立で区切られた左側へ。

拓弥は、右側の棚の前に行く。目隠しの衝立の高さは二メートルほどで、彼女の姿は見えない。ただ、衣服を脱ぐ艶めかしい音はどうしたって聞こえてくる。

ドキドキしつつ、しかし拓弥は、別のことも気になっていた。

(なぜ、露天風呂への入り口が、男女で分かれていないのだろう?)

衝立越しに尋ねてみる。「あの、お風呂場に出るための戸が一つしかないんですね。なんだか……ははは、まるで混浴みたいだ」

拓弥は冗談めかして言った。それに対する返事はあっさりとしたものだった。

「そうよ、混浴だもの」

お先に――と言って、楓は露天風呂へ。

曇りガラスの戸が閉まるのを、拓弥は唖然としながら眺める。

（ほ……ほんとに混浴だったのか。ど、どうしよう）

楓のＴシャツの胸元が、ブラジャーの刺繍《ししゅう》まで浮かび上がった膨らみが、拓弥の脳裏に蘇った。

あれほどの豊乳の持ち主と一緒に風呂に入れるというのは、考えてみればとてもラッキーなことである。不可抗力で、彼女の裸体がチラリと見えてしまうこともあるかもしれない。

だがそれは、こちらの裸も晒してしまう可能性があるということだ。もしも拓弥がみっともなく勃起してしまい、その姿を見られてしまったら、彼女に軽蔑されるかもしれない。

それだけではすまず、楓の口から噂となって村中に広まり、小春の耳に入ってしまうかもしれなかった。そんなことになったら最悪だ。

しかし、だからといって、せっかくのチャンスをふいにするのも――パンツ一丁の格好で、拓弥はしばらく頭を悩ます。

そして覚悟を決めた。やはり男として、女性の裸を拝めるかもしれないという期待感には逆らえない。相手が巨乳ならなおさらだ。

全裸になって股間をタオルで隠し、ドキドキしながら曇りガラスの戸を開ける。

竹垣に囲まれた空間は思ったよりも広く、その中に、横幅が七、八メートルもある大きな湯船があった。自然の趣を残した岩によって、湯船はぐるりと縁取《ふちど》られている。さすが多島家の隠し湯だっただけあって、なんとも風情があった。

楓は——左側の隅で、すでに肩まで湯に浸かっていた。

他には誰の姿も見られない。二人っきりの貸し切り状態である。

硫黄成分が少ないのか、温泉の湯に濁りはほぼなかった。そういえば、卵が腐ったような例の匂いもほとんど感じられない。

拓弥は、石の床の洗い場を、そそくさと右端まで行く。屋根付きの棚に積んであった桶を手にし、急いで身体を流して、湯船に身を投じた。マナー違反にならないよう、タオルは頭の上に載せる。

(ふう……大丈夫、まだ勃ってないぞ)

しかし、同じ湯の中に裸の女性がいると思うと、それだけで淫らな気持ちが湧き上がってきた。

チラッとだけでも楓の方を見てみたい。だが、もし目が合ってしまったらと思うと——拓弥の首は硬直する。

温泉は比較的ぬるめで、多少の長湯をしても平気そうだった。じっくりと浸かって、ここまで歩いてきた疲れを癒すことができる温度である。拓弥は持久戦を決意した。彼女が湯船から上がって脱衣所に戻る瞬間なら、こちらの視線に気づかれる可能性も低いだろう。

（よし、それまでは空でも見上げてじっと待とう）

が、その計画は、あっけなく変更を余儀《よぎ》なくされた。

「ねえ、せっかくだからお話しししようよ。少しそっちに行ってもいい？」

「えっ？　は……はい」

楓が、湯船の真ん中辺りまで移動してくる。

拓弥は、体育座りの格好で股間を隠した。互いの距離は、まだ三メートルちょっとあるが、まるですぐ近くにいるような気配を感じる。緊張感に生唾を飲み込み、白い雲を見上げ続けた。

「拓弥くん、里帰りって言ってたよね。何年ぶりに帰ってきたの？」

「じゅ……十二年ぶりです」

「へえ、十二年？　ずいぶん久し振りだったのね。それじゃあ、君のことを一度も見たことないわけだ。私は五年前にこの村に嫁いできたの」

そして楓の身の上話が始まる。

彼女には、大学生の頃から付き合っていた男がいたらしいのだが、それがとんでもない駄目男で、ろくに働きもせず、ギャンブルに夢中だったという。

そのうち男は闇金に手を出し、多額の借金を作った。男に泣きつかれた楓は、水商売で必死に金を稼いだが、それでも男はギャンブルをやめられず、また借金を増やすという有様《ありさま》だった。

大学を卒業してからも数年はそんな生活が続いた。楓の説得で、男もやっとアルバイトを始める。だが、たったの三日で、彼はそのバイト先の店長を殴ってクビになり、さらに慰謝料も請求されてしまった。

これにはさすがに愛想を尽かし、楓は男と別れたという。

(これは……思った以上に重い過去だな。こんな話、初対面の僕にしちゃっていいんだろうか?)

ここまで聞いた拓弥は、さすがに戸惑いを覚えた。だが、彼女は話し続ける。溜まっているものを吐き出さずにはいられないとばかりに——。

同棲していた男のアパートを飛び出し、実家に逃げ帰った楓は、真面目な人と出会い、まっとうな幸せを手に入れたいと思ったそうだ。顔が良くて、女の扱いが上手なだけの男は、もうこりごりだった。

親の勧めもあって、農家の息子たちが集まる婚活パーティーへ参加してみると、結婚相手はすぐに見つかったという。

「丑久保さん、美人だから引く手あまただったでしょう？」

重たい空気を打ち消すため、拓弥はあえて冗談めかして言った。

しかし、彼女が美人なのは間違いない。くりっとした瞳が愛らしく、綺麗というよりも可愛いと表現するのがふさわしい美貌である。

ただ、それだけではなく、落ち着いた身のこなしには大人らしい魅力も感じた。同い年の友達のようでありながら、頼り甲斐のありそうな先輩という雰囲気も持っている。年下からは特にモテるタイプだろう。

そのうえ、あの胸の大きさがあるのだから、男が寄ってこない方がおかしい。

「そんな、私なんて美人ってほどじゃないわよ」と、楓は面映《おもは》ゆそうに笑った。

「……まあ、確かに婚活パーティーでは、男の人が全員、私に集まってきちゃったけれど」

すぐに結婚を決めたのは、新しい自分になって過去と決別したかったから。八つ俣村は、楓の生まれ故郷からは遠く離れていたが、昔の自分を知っている人がいないのはむしろありがたかった。

嫁ぎ先は畜産農家で、肉牛の飼育をしていた。この村の農家が育てている和牛は、とても希少な種類のものらしく、その分、かなりの高額で取り引きされているという。ただし、仕事はとても大変だし、命を扱っているという責任も重い。しかも楓には、畜産に関する経験も知識もなかったので、最初は特に苦労したという。

だが、男の借金を抱えて働いていたときよりは遙かに気が楽だったそうだ。

「嫁入りしてから五年経って、今じゃもう、仕事の方はだいぶ慣れたわ。私、元々動物は好きだったたし、身体を動かすのも得意だから」

ただ、彼女の口調には含みがあった。

いろいろあったけど今は幸せよ——という感じではなさそうである。

フフッと笑って、楓はさらに続けた。義理の両親と上手くいってないらしい。どうやらここからが楓の一番話したい本題のようだ。

「旦那のお母さんが特にねぇ……あ、嫁いびりなんて大げさなものじゃないのよ？虐《いじ》められたり、やたらマウンティングを仕掛けられるわけでもないの。でも、なんていうか……家族として認めてくれてないって感じなのね」

楓は、跡継ぎの子供を産むことだけを望まれているように感じるという。

牛の世話をいくら頑張っても褒めてはくれず、最初の頃は「こちらの手間が増えるだけだから、余計なことはしなくていい」「そんなことより子作りを頑張ってちょうだい」とあしらわれた。

結婚してから三年余りでようやく妊娠した。赤ん坊が男の子だとわかったとき、楓は心底ほっとしたという。去年、無事に出産した。

だが、半年も経つと、姑は早速二人目を急《せ》かす。どうやら最低でも三人は産んでほしいそうだ。

「なんだかもう、繁殖用の牝牛が交配させられているみたいでしょ？」

楓は毎日のようにこの秘湯にやってきているが、それは本人の意思ではない。

ここのお湯が〝子宝の湯〟としての効能もあると言われているため、姑から、毎日浸かりに行くように言われているのだ。一刻も早く次の子供を身籠もるために──。

「そうだったんですか……」

あまりに話がシリアスで、なんと言えばいいのかわからなかった。まだ十九歳の拓弥には手に余る問題である。

しばらく話が途切れた。と、楓が明るい声で言う。

「ごめんね、変な愚痴を聞かせちゃって。ほんとはそんなに不幸ってわけでもないの。息子は可愛いし、旦那も──どっちかというと私よりお義母《かあ》さんの味方だけど、一応は私のこと大事にしてくれてるし。けど……」

溜まったモヤモヤを解消する手段がないのが辛いという。

「こうして温泉に入るのも、少しは気分転換になるんだけど、お義母さんの指示で入らされていると思うと……なんだか、ね。かといって、この村にはストレス解消できるようなお店もないし」

だから、ねぇ拓弥くん、相談があるんだけど——そう呟いて、楓がさらに湯船の中を移動してきた。

「な……なんですか？」

もう互いの距離は一メートルもないだろう。未だ拓弥は空を見上げているが、彼女の気配を、裸の女が発するオーラを、身体の左側でジンジンと感じている。股間のものが静かに疼き始めた。

「……君、多島家の血を引いている男の子なんでしょう？」

もしかしたら、もう村中の人間がそのことを知っているのかもしれない。

今さら隠しても無意味だろうと思い、拓弥は「はい」と頷いた。

「多島家の男性って……その……精液が、特別なんだってね。君も、そうなの？」

「はい……そのようです」

今や楓の声はすぐ隣から聞こえていた。

彼女の身動きが湯を通して伝わってくる。アッと思ったときには、腹部を触れられていた。彼女の手はさらに下に――体育座りの股間へと滑り込んでいく。

「ちょっ……う、丑久保さんっ!?」

「楓さんでいいわよ」

すでに半勃ちとなっているペニスがそっと握られた。

手筒でニギニギと揉まれると、瞬く間に勃起は完了する。

さすがに我慢できず、拓弥は横へ振り向いた。色っぽく頬を染めた楓が、間近から拓弥を見つめていた。ポニーテールは団子状にまとめられていて、よりアダルトな雰囲気を漂わせている。

「私ね、子供を産んで、牧場の跡継ぎを育てるためだけに、これからもずっと生きていくのかなって思うと、物凄く寂しくなるときがあるの」

湯の中でゆらゆらと揺れている女体にも目が行った。大きな膨らみと、その頂点にある桜色の突起を、楓は隠そうともしなかった。

「今もそうなの。だからね、助けると思って君の精液をちょうだい。とっても幸せな気持ちになれるんでしょう？」

張り詰めた肉棒の裏側を、女の細い指先がツーッと撫で上げる。

裏筋を通り抜けると、次は掌が亀頭を包み込んだ。手首のスナップで慈《いつく》しむように撫でられると、その感触に、拓弥は目を見開いた。

「あ……な、なんか、ヌルヌルする……!?」

「あれ、気づいてなかったの？　ここのお湯は強アルカリ性で、入っているとお肌がヌルヌルしてくるのよ」

さらにこの温泉の成分には、重曹が多く含まれていて、それも肌がぬめる原因だという。アルカリ性の湯と重曹の効果で、肌の皮脂が石鹸状に変化するのだ。

まるでローションプレイを施されているような快感だった。亀頭を甘やかされた後は、輪っかにした指で雁首をしごかれた。なめらかな摩擦感にビクビクッと腰が震え、思わず先走り汁を漏らしてしまう。

「か……楓さん、ダメです、それ以上されたら……！」

「うふふっ、気持ちいいでしょう？　これでも私、プロだったんだから」

「プ、プロ？」

「ええ」楓は、にんまりと笑みを浮かべた。「さっきね、私、水商売をしていたって言ったけど……本当は、ソープランドで働いてたの」

三年ほどソープ嬢として働き、様々なテクニックを身につけたそうだ。

このまま射精してしまっては温泉の湯を汚してしまう——ということで、体勢を変えるよう、楓が指示してくる。元プロの手コキで骨抜きにされた拓弥は、わけもわからぬまま言われたとおりにした。

湯船の縁に頭と肩を載せる。そして力を抜くと、身体が水面に浮き上がってきた。勃起した肉棒が湯の中からにょきっと顔を出す。

「おっきいね、拓弥くんのオチ×チン。それに……あん、すっごく硬い」

拓弥の股の間に入ると、楓は、反り返った若勃起を握り起こした。

淫靡な笑みを浮かべる唇を、濡れ光る亀頭に近づけていく。

「これはね、〝潜望鏡〟ってプレイなのよ」

彼女の口から、驚くほど長い舌が現れた。顎の先まで届きそうなそれが、幹から裏筋までを舐め上げる。レロレロと器用に震わせ、亀頭を上下にはたく。

果ては尖らせた舌先で鈴口をこじ開け、尿道口の内側をくすぐってきた。

「そ、そんなことまで……」

「ふふっ、まだまだ、こんなのは準備運動よ」

空《あ》いている方の手で、拓弥の脇腹を妖しく撫で回しながら、楓は言った。「ほんとに気持ちいいのはこれからなんだから」

ひとしきり舌技を披露すると、いよいよ楓は、ぱくりと肉棒を咥えた。

ゆっくりと首を振り、甘く締めつけた唇で幹を往復する。

「あっ……う、くくっ」

予想を超える愉悦に、拓弥は歯を食い縛った。言葉にしてみれば、風呂に浸かりながらフェラチオをしてもらっているだけである。しかし、温泉で体が温まり血行が良くなったおかげか、完全勃起をさらに超えたペニスは、いつにも増して感度を高めていた。

そのうえ、ソープ嬢としてつちかわれた舌使いがペニスを翻弄する。あの長い舌を持て余すことなく、咥え込んだ剛直の至るところに粘膜を絡みつけてきた。

まるで巨大なナメクジが狂ったように蠢き、肉棒にその身を擦りつけているかのようである。しかもそのナメクジは、雁首や裏筋といった男の急所を熟知していた。少々ゾッとするイメージだが、それもまた妖しい興奮の種となった。

これまで幸乃や一美からも口奉仕を施してもらったが、さすが元本職のフェラチオは愉悦のレベルが違う。健康的な魅力の彼女がペニスをしゃぶっているというギャップ、そして温泉に浸かりながらの淫らな行為という背徳感も加わり、みるみる性感が高まっていった。

（うぅ……あッ……か、楓さん、僕を見ている）

口淫の悦に悶える表情を、気づけばじっと見られていた。

上目遣いの媚《こ》びるような視線。これもまたプロの技なのかもしれない。

「う……おおっ……僕……イ……イッちゃいそうです」

「んぽっ――いいよ、いつでも。精液をこぼしたりはしないから、安心していっぱい出して」

そう言うと、楓の首振りが加速した。ストロークも大きくなり、ついには亀頭がズンズンと喉の奥に当たるようになる。

しかし、それも慣れているのか、楓は軽く眉をしかめただけだった。抽送の勢いは弱まることなく、ペニスを絶頂まで追い込んでいく。バシャバシャと、湯船の水面が激しく波打った。

そのうえ陰嚢を揉み込まれ、肛門の表面を指先で撫で回されてはたまらない。前立腺はあえなく決壊し、大量の白濁液が尿道を駆け抜ける。

「ううぅ、でっ……出るッ！」

釣られた魚のように、拓弥は湯船の水面で跳ねた。

特濃の一番搾り汁が、高圧噴射でほとばしる。楓は、先ほど言ったとおりに一滴も口から漏らさず、ゴクッゴクッと喉の奥へ流し込んでいった。

女を狂わせる、魔惑のザーメンを――。

## 4

発作の収まった肉棒を吐き出すと、楓は大きく口を開き、ゼリーの如き白濁液にまみれた舌を見せつけてきた。

「……すっごい量ね。多すぎて、口の中に溜めておけなかったわ」

ワインを味わうみたく、ザーメンを舌で転がし、最後にゴクンと飲み込む。

その後、元ソープ嬢として抜かりなくお掃除フェラを始めるのだが、肉棒を舐め清めながら、急に彼女は肩を揺らして笑いだした。

「あの、どうかしましたか……？」

「うん……なんだか楽しくなっちゃったの。君の精液、ほんとに凄いのねぇ。悩んでることとか、どうでもよくなっちゃう」

ペニスの付け根をしごき、搾り出した残り汁を吸い取ると、楓はまたクスクスと笑う。どうやら幸せホルモンが効いてきたようだ。

「実を言うとね、精液のことは半信半疑だったの。鬱憤《うっぷん》晴らしに若い男の子と火遊びしてみたくて、その口実みたいな——ね。まさか、こんなに効果があるなんて思ってなかったわぁ」

楓は、チュッチュッと裏筋にキスの雨を降らせ、未だ怒張を続けているペニスに相好を崩す。

「拓弥くん、将来はヒモにだけはなっちゃ駄目よぉ。こんな精液を飲まされたら、女は骨の髄までしゃぶり尽くされても文句言えなくなっちゃうわ。ふふふっ、さあ、そろそろお風呂からは上がりましょ」

もちろん、これで終わりではなかった。洗い場に移動して、元ソープ嬢の淫らなサービスはまだまだ続く。

水面越しではない、直《じか》の裸体を眺め、その美しさに拓弥は嘆息した。

「楓さんの身体、とっても綺麗です。まるでモデルさんみたい」

「あら、ありがとう。うふふっ、やっぱり男の人に褒められるっていいものね」

モデルといってもグラビアモデルだが、とにかく楓の身体は磨き抜かれた美を誇っていた。ソープランドに勤めていた頃から、商売道具としてスタイルには気を遣っていて、それが今でも習慣になっているという。

ウエストのくびれはまさに芸術的。必要なところにだけ肉がつき、それ以外のところはすらりとしていた。とても出産から一年ほどしか経っていない女の身体とは思えない。食事管理と筋トレのたまものだという。

巨乳でありながら少しも垂れておらず、膨らみの頂点はツンと上を向いていた。サイズは実にFカップ。美しさとエロスが見事に融合している。

「さてと、エアマットがあれば横になってもらうんだけど……とりあえず立っていてくれる？」

「は、はい」

まずは恋人同士のようにハグ。楓は、強アルカリの湯でヌルヌルになった肌を擦りつけてきた。女体スポンジの感触は、最高級の絹もかくやという心地良さで、弾力性に富んだ美巨乳が、ニュルン、ニュルンと、拓弥の胸の上を滑る。

次第に二人とも乳首が硬くなり、コリッとした感触が、くすぐったくも甘美な愉悦をもたらした。どちらともなく相手の背中に回した腕に力が籠もり、密着感がより増していく。

次に拓弥は、床に座るよう促《うなが》された。石の床に正座すると、右腕をつかまれ、水平になるよう持ち上げられる。

「これは〝たわし洗い〟っていうの」

拓弥の腕を股で挟み、楓は腰を前後に滑らせた。恥毛に覆われたヴィーナスの丘が、ゴッシゴッシと擦りつけられる。肉の割れ目も当たるので、

「これって楓さんも気持ちいいんじゃないですか？」

「ふふっ、そうね。これじゃ洗うどころか……んっ……エッチなお汁を拓弥くんに塗りつけちゃってるわよね。そういうサービスなのよ」

手首まで破廉恥な擦り洗いを施された後は、拓弥の指の一本一本が膣穴に差し込まれた。これは〝壺洗い〟というらしい。肉路はおびただしい淫水でたっぷりと潤っている。

膣の入り口がキュッと締まり、ヌポッと抜かれた。熱い蜜肉で指をしゃぶられる感触に牡の劣情は煽られ、鈴口から新たなカウパー腺液が溢れ出す。

左手にも同じことが施されると、拓弥はもはや我慢できなくなっていた。鈍い痛みすら覚えながら、ガチガチの若勃起が狂おしく打ち震えている。

「か、楓さん、僕、もう……」

楓は、赤く火照った頬を緩める。「ええ、私も。それじゃ、拓弥くんの凄い精液、

今度は下のお口にいっぱい飲ませてね」

拓弥は仰向けで横たわり、その上に楓がまたがった。彼女が最も得意とするのは、やはりソープ嬢時代に一番修練したという騎乗位だった。

あられもなく股を開いて、蹲踞《そんきょ》の姿勢——M字開脚で腰を下ろす楓。反り返りすぎた肉棒を握り、向きを調整し、肉穴の窪みに亀頭をあてがう。

「いくわよぉ」

まばたきすら拓弥は惜しみ、挿入の瞬間に見入った。十八センチ近い巨根がゆっくりと女の中に呑み込まれていく。膣口を潜り抜けた部分から、早速、ゾクゾクするような愉悦が湧き上がった。

「お……お……おおっ」

「うふうぅん、入ったぁ……く、くふぅ」

亀頭が膣底を打ち、女尻が拓弥の太腿にぺたんと着座する。と、楓は背中を反らせ、ヒクヒクとその身を戦慄かせた。

「凄いっ……こんな素敵なオチ×チンを持っているお客さんが来たら、仕事にならなかったわぁ」

両手を拓弥の胸元に載せ、相撲取りの仕切りのような格好で、楓は妖しく腰をくねらせる。前後に、左右に、円を描くように——。膣底の肉が、グリグリと亀頭でこね回された。

「うふっ……んっ、んほおぉ……たまらないわ。私、すぐにイッちゃいそう」

自らもたらしたポルチオへの刺激にうっとりする楓。腰の動きはみるみる激しさを増し、ついには縦のストロークが始まる。

楓の腰使いは実に巧みだった。肉棒の根本から雁首までが、大振りの抽送で擦り立てられた。しかし、ギリギリまでペニスを引き抜きつつも、結合が外れてしまうようなミスは決して犯さない。

動きも正確だ。膣壁と肉棒が強烈に擦れ合う、絶妙な挿入角度の嵌め腰——それが一瞬も途切れることなく繰り返される。尻と太腿がぶつかり、パンッパンッパンッと、変わらぬリズムを刻み続ける。

（う、うおお、これが本職の人のセックス……！）

さすがの熟練ぶりに、拓弥の方も、次の射精がそう遠くないことを予感する。

熱々の蕩けるような蜜肉が幹をしごき、雁首を擦り、亀頭を磨き上げる。あまりの愉悦に、思わずよだれが垂れそうになった。

「んぐっ……うう……か、楓さんの腰使いも、物凄いですね。メチャクチャ気持ちいいです」

「本当？　うふっ、うふふっ、ありがとう」

楓は素直に喜ぶ。もしかしたらソープ嬢として働いていたこと自体は、それほど嫌な思い出ではないのかもしれない。少なくとも身につけたテクニックは、彼女にとって密かな自慢のようだ。

「だけどね、結構ブランクがあるから、現役の頃の方が、もっと、もっと、上手だったの……お、おぅん」

「そうなんですか？　充分、気持ちぃいですけど……旦那さんも、喜んでるでしょう？」

「旦那が？　あははははっ」

途端に楓が笑いだしたので、拓弥は目を丸くする。

「ダメダメ、私が本気出したら、あの人は一分も持たないわよぉ」

夫に対して、彼女は一度も自慢のテクニックを使ったことがないそうだ。

元ソープ嬢であることは内緒にし、これまで付き合った男性の数は一人だと言っている。夫は、楓のことをセックス経験の少ない女だと信じているという。

「それなのに床上手だったら、さすがに怪しまれちゃうでしょう？」

「なるほど」

「それに、あの人、はっきり言っちゃうと早漏なのよ。こっちがなにかしなくても、すぐにイッちゃうわ。私ね、あの人とのセックスでイッたことないの。演技でイッたふりをしてるの」

楓は、くつくつと肩を揺らして笑う。

これも多島家のザーメンの効果か、心が解放されて、普段から溜まっている夫への鬱憤が噴き出しているようだった。

「あ、でも心配しないでね。今は演技なんかしてないのよ。ほんとに君のオチ×チンは素敵……ああんっ」

ますます勢いをつけ、楓は腰を振り立てる。拓弥の太腿で女尻を弾ませる。

複雑に折り重なった膣襞との摩擦快感で、肉棒は火がついたように熱くなった。裏筋が引き攣り、先走り汁がドクドクと溢れる。

拓弥は、湧き上がる射精感に、奥歯を噛んで対抗した。これはソープランドで数万円払わないと体験できないようなセックスなのである。簡単に果ててしまってはもったいなかった。

(そうだ、それにまだ、オッパイにも触れていないじゃないか)

躍動するFカップの双乳へ両手を伸ばし、鷲づかみにし、その感触を存分に堪能する。張りがあって、実に揉み応えのある乳肉だ。

温泉の効能でヌルヌルになった乳肌が掌から逃げ回る。追いかけて、追いかけて、硬くしこった突起をキュッとつまんだ。

思いも寄らず、白い液体が突起から噴き出す。拓弥は声を上げて驚いた。

「これ……えっ……母乳ですか!?」

「そうよ、出産してからまだ一年だもの。出るわよぉ」楓はニヤリと口元を緩める。

「うふふっ、飲んでみるぅ?」

「い、いいんですか? でも、赤ちゃんの分がなくなっちゃうんじゃ……」

「大丈夫、うちの子にはミルクもあげてるから……ほぉら」

楓の手で上半身を起こされ、対面座位に移行した。目の前に美巨乳が突き出される。

「さあ、どうぞ。恥ずかしがらなくていいのよぉ」

彼女は、掌で肉房を持ち上げ、真ん中に寄せた。左右の乳首から、仄かに甘い香りが漂っている。ドキドキしながら拓弥はその片方を口に含んだ。

唇で挟み、力を込めると、先ほどのように母乳が噴き出す。いくつかの筋となって口内に流れ込んだ。

(これが、母乳……)

当たり前かもしれないが、牛乳とは少々違う味わいだった。独特の甘さに、人の体液らしいやや癖のある風味が混ざっていた。ただ、慣れれば悪くない。それに――やはり湯上がりにはミルクと相場が決まっている。

「どう、拓弥くん？　勧めておいてなんだけど、ちょっと変な味でしょう」

「え、ええ……でも、どっちかといえば美味しいですよ。もっと飲んでいいですか？」

「いいわよぉ。うふふっ、お風呂の後は水分補給しないとね」

拓弥は、今度は反対側の乳首に吸いついた。

授乳中は母性本能が高まるのか、楓は慈愛に満ちた微笑みで、拓弥の頭を優しく撫でる。「可愛い、赤ちゃんみたい……ふふっ」

しかし上半身は聖母でも、下半身は快楽を求める淫女だった。ねっとりとした腰使いで膣壁とペニスを擦り合わせ、ポルチオと亀頭を小突き合わせる。

緩やかな動きだが、激しいピストンとは趣の違う愉悦が湧き、拓弥の射精感はじわじわと押し上げられた。お返しとばかりに、拓弥もコリコリの乳首を舌で転がし、前歯で軽く挟みつける。

「あ、やぁん、ダメぇ。赤ちゃんは、そんなエッチな飲み方しないんだからぁ」

聖女の楓が鳴りを潜め、再び全身を揺さぶるような嵌め腰となった。グッポグッポと、泥濘《ぬかるみ》を踏み荒らすような音が、結合部から盛大に漏れる。

ゴム鞠《まり》の如く上下に跳ねる豊乳。しかし拓弥は、咥えた乳首を決して放さず、なおも舌と歯で弄び続けた。が——。

(ううっ、も、もう駄目だ。出る……)

淫らな牝として腰を振るごとに、彼女の身体は、忘れていた記憶を取り戻していったようである。膣門がリズミカルに収縮する。ちょうど嵌め腰が沈み込むタイミングで締まるので、ペニスの皮が下に引っ張られ、裏筋が張り詰め、そこに肉襞がゾリゾリッと擦りつけられた。

機械のような正確さで、それが繰り返される。拓弥は、たまらず乳首を吐き出して叫んだ。

「あ、あっ、ごめんなさい、イキますッ」

「えっ？　ちょ、ちょっと待って。私も、もうすぐだから——」

待てなかった。想像以上の早さで射精感が膨れ上がり、怒濤《どとう》の如くザーメンが噴き出す。両手を床について上体を支え、拓弥は何度も腰を跳ね上げた。

ビュー ッ、ビュビュッ！　ビュルルルーッ！　ビュビビュビュウウーッ！

先ほどの口内射精などなかったように、おびただしい白濁液が膣壺へ注ぎ込まれる。

膣粘膜の隅から隅までが幸せホルモンに浸食されていった。

「あ、ああ、あっ……なにこれ、さっきより凄いわ……オマ×コが、熱い、熱いの、ジンジンするうぅ」

どうやら口で飲むよりもずっと効くようである。楓の身体から力が抜け、ふにゃふにゃと拓弥の胸にしなだれる。

「だ、大丈夫ですか？」

「う……うん、でも……」

悩ましい呼吸を繰り返す楓。

「ああ、なんだか変な感じ……まだイッてないのに、気持ちだけはイッちゃった後みたい……はあぁ」

そう言って、拓弥の首に両腕を回し、ギュッとしがみついてきた。

もしかしたら楓は、これでもう、それなりに満足したのかもしれない。だが、拓弥としては納得いかなかった。ここで終わったら、結婚してから一度も妻をイカせていないという、彼女の夫とそう変わらないではないか。

肉棒は、二度の射精を物ともせず、未だ力感をみなぎらせている。

「楓さん、僕、まだいけます」

「ええっ？　す、凄いのね」真ん丸にした瞳で、楓は拓弥の顔を見つめた。「わかったわ。けど……ちょっとだけ休ませて。こんなに張り切ったのは久しぶりだから、腰が疲れちゃったの」

拓弥は首を横に振る。

「じゃあ、今度は僕が動きます」

挿入したまま楓の身体をゴロンと転がし、仰向けになった彼女に覆い被さる。いきなりトップスピードで腰を叩きつけた。

あと少しでアクメを迎えるところだった膣穴に容赦など無用。剝き身のクリトリスを恥骨で押し潰し、ザーメン漬けとなった肉路を雁エラで搔きむしり、膣奥の柔らかい壁をペニス槍でズブリズブリと刺し貫いた。

「はひっ!?　ああぁん、凄いィ！　イッちゃう、イッちゃうゥ！」

みるみる切羽詰まっていく楓。絶頂寸前だったことを身体が思い出し、肉悦の極みへと手を伸ばす。

拓弥は、乱舞するFカップの肉房をつかみ、ギューッと乳首をつまんだ。噴き出す白い液体を顔面で受け止めた。なんともいえぬ高揚感に支配され、渾身の力で女壺を抉る、抉る、抉り尽くす。

「うわあぁん、イク、イクッ！　イッグゥうぅーんッ!!」

絶叫と共に、楓の両足が爪先までピーンと伸びきった。

ついに楓が絶頂を迎えたのだ。彼女の言葉どおりなら、少なくとも五年ぶりの性交アクメである。

（まだまだ、こんなもんじゃ終われないよな）

オルガスムスに身震いする膣路へ、拓弥はなおもファックを続行した。

震える手を拓弥の胸板に当てて、楓は狂おしく哀願する。「たっ……拓弥くん、待って……ダメッ……今……イッてるからアァアッ」

待たなかった。拓弥は、彼女のコンパスを両肩に担ぎ、マングリ返しの体勢にする。肉杭に全体重を乗せ、一撃一打に気合いを入れて、膣底のポルチオまで延々と打ち込み続けた。

膨らみきったペニスが嵌まり込むたび、膣口の隙間から白く濁った淫液が噴き出し、飛沫《しぶき》となって飛び散る。

「アーッ、いやあぁ、止まらないィ、止まらないノオォオッ！」

どうやらオルガスムスの感覚が収まらないらしい。いつしかまとめ髪がほどけ、ポニーテールが振り乱される。

楓は、随喜の涙で顔中を濡らし、食い縛った歯の隙間から苦悶のうなり声を漏らした。数えきれないほどの男の精を搾り取ってきた風俗嬢ではなく、ただの女として、拓弥の肉棒に狂った。

「イグッ、イグッ、んほおぉ、イグイグイグぅううッ……!!」

「くうっ、僕も、またイキますっ……ウオオオッ!!」

三度目の精を拓弥が放つ——その瞬間まで、楓はイキっぱなしの絶頂地獄に落ち続けたのだった。


五分かそこら、楓はぐったりと横たわったままだった。朦朧《もうろう》と虚空を見つめ、荒い呼吸で肢体を揺らし続ける。拓弥が声をかけても反応しない。

大丈夫だろうか？　と、心配になってきた頃、

「……うふふふっ」と、彼女は笑った。

そして、ゆっくりと身体を起こす。にんまりと、すっかり満足したような顔をして、こう尋ねてきた。「拓弥くん、彼女はいるの？」

「はい？　え、いや……いませんけど」

「そうなの？」楓は意外そうに目をぱちくりさせる。「セックスにさえ持ち込めば、

君ならどんな女でも落とせるのに。こんな凄い精液を持ってるんだから、オナニーなんかで消費してたら宝の持ち腐れよ」

「どんな女でもって……まずは彼女になってもらわないと、セックスできないと思うんですけど」

「あははっ、それもそうねぇ。セフレじゃないんだから」

楓はご機嫌の様子で笑った。幸せホルモンの効果はまだ続いているようだ。

あぐらをかくような格好で股を広げる。牡と牝の混合エキスでドロドロになった己の秘裂を覗き込むと、

「あん……こんなに溢れてる。もったいない」

その淫らな粘液を指ですくい取り、レロレロ、チュパチュパと舐めしゃぶった。

「ふぅ……うふふっ、こんなにたくさん中出しされて、妊娠しちゃうかも」

「えッ？　ま、まずいじゃないですか」

妊娠と聞いて、拓弥は顔から血の気が引くのを感じる。「あの、じゃあ、外に出した方が良かったですか？　す、すみませんっ」

「なに言ってるの。私が、中に出してってお願いしたんじゃない。拓弥くんは気にしなくていいのよぉ」

「はぁ……あ、でも、多島家の男って妊娠させる力が弱いらしいから、大丈夫だったんじゃないかなと思います……多分」

「あら、そうなの。ふぅん、じゃあ特に心配はないってことね」

そう言いながら、ちょっと残念そうな顔をする楓。

「まあ、もし妊娠しちゃっても、どうせ丑久保家の皆さんは子供が生まれればそれでいいんだから。うん、平気、平気」

「は、ははは……」

どこまで本気かわからず、ぎこちない笑いを返すことしかできなかった。

その後、情事の汚れを洗い流してから、二人はもう一度湯船に浸かる。

拓弥の肩にもたれかかり、甘える恋人のように頭を預け、楓はまた尋ねてきた。

「君、多島さんのところの養子になるって聞いたんだけど、そうなの？」

八つ俣村に流れる噂では、そういうことになっているらしい。

拓弥は慌てて首を振った。「そ、そうと決まったわけじゃありませんっ。確かに、跡継ぎになってくれとは言われましたけど……」

「なんだ、まだ考え中なのね。私としては、君がこの村に住んでくれたら、楽しみが増えて嬉しいんだけどなぁ」

楓の手が、湯船の中で、そっと拓弥の膝頭をさすってくる。

「けど——拓弥くんにとっては人生の大きな分岐点だものね。私のことなんか気にしないで、自分にとってなにが一番大事か、よーく考えなさい」

楓のアドバイスには、かつて駄目男にひっかかってしまった彼女だからこその説得力があった。他人のために自分を犠牲にするというのは、話としては美しいが、それで自らを不幸にしてしまうのはいかがなものだろう？　ということだ。

「はい……そうします。僕の人生ですもんね」

「うん、よろしい」

頼もしい先輩のように、楓は言った。

が、その後、彼女の手が、膝頭から内股へ、そっと滑り下りてくる。

「ところで、私はほぼ毎日、この温泉に来てるんだけど……もし良かったら拓弥くんも……あ、もちろん、無理にとは言わないわよ？　でも、もし拓弥くんが、また村を出て行っちゃうなら、その前にもう一度……ね、ね、いいでしょう？」

さわさわと媚びるような女の指先。

官能をくすぐられた拓弥は、苦笑いを浮かべて頷いた。

「ええ、喜んで」

# 第四章　仮当主の悩める日々

## 1

その日、小春は、実家の静間家に顔を出していた。

同じ村の中なので、週に一度くらいは、特に用事がなくとも実の両親の顔を見に帰っているのだ。

嫁入り前とほぼ変わらぬ様子の自室で、小春は本棚のアルバムを手に取る。

ほとんどの写真に拓弥が写っている。五歳くらいから七歳までの彼だ。

一緒にテレビゲームをしている写真。

小春に教わりながらホットケーキの生地を搔き混ぜている拓弥の写真。

風呂上がりの濡れた身体を、拓弥がバスタオルで拭《ふ》いている写真。子供チ×コが丸出しである。

この頃の小春は身体が弱く、しょっちゅう熱を出しては学校を休んでいた。そのせいで友達はほとんどいなかった。

拓弥が遊びに来てくれるのはとても嬉しかった。なぜか拓弥は小春に懐き、毎日のように静間家にやってきた。

あの頃の拓弥は、まるで仔犬のような可愛さだった。小春のそばにいるだけで心から幸せそうだった。そんな彼に、一人ベッドで過ごすことの多かった小春の寂しさはどれだけ癒されたことか。

(あの拓弥さんが……あんなに立派な男の人になるなんて)

大人らしさを垣間見せながら、かつての愛らしい面影も残している。拓弥が多島家を訪ねてきたとき、一目見て小春の胸はときめいた。かつて経験したことのないほどに。

三十二歳になる小春だが、これまで恋らしい恋をしたことがない。多島家の当主、多島功と結婚したのは、借金の問題があったからだ。

病弱な小春の体質を改善するためには高価な薬を使い続けなければならなかった。この村で金を貸してくれるようなところは多島家しかない。一年、二年と薬を呑み続け、借金は大きくかさんだ。

しかし、男気溢れる当時の多島家当主は「少しずつ返してくれればいい。利息はいらん」と言ってくれる。おかげで小春の体質も改善し、そうそう熱を出すこともなくなったのだが――。

その当主が他界し、多島功が次の当主の座に就くと、途端に父親の言葉を反故《ほご》にし、貸した金をすぐに返せと迫ってきた。それが無理なら自分と結婚しろと、小春に脅しをかけてくる。

返済期限を設けていなかった借金をいきなり返せというのは、はっきり言って無理な話だ。しかし、多島家の当主に逆らうことはできない。八つ俣村で商売をしている者のほとんどが、なんらかの形で多島家の援助を受けているからだ。

もしも多島功の機嫌を損なえば、それこそ村八分にされてしまうかもしれない。多島功にはそれだけの権力があり、そして、どのような理不尽なこともやりかねない性格の持ち主だった。

せめてもの救いは、多島功が「結婚すれば借金のことは忘れてやる」と言ったことである。両親を苦しめたくない小春は、やむなく彼との結婚を承諾した。

多島功が亡くなった後、叔母姉妹は小春に、再婚しても構わないと言ってくれた。

ただ、小春には気になる男性はいなかった。どんな男を見ても、その人を好きになるというイメージがまるで湧かなかった。

もしかして自分はレズなのかと思ったこともあったが、そうではなかった。小春はずっと前から恋をし続けていたのだ。自分でも気がつかないうちに。

十九歳になった拓弥を見て、ようやくそれを自覚した。

（拓弥さん……ああ、私もあなたに抱かれたいです）

拓弥が村の女たちとセックスしていることは耳にしていた。

小春もこの村で生まれ育った人間なので、それが悪いとは思わない。ただ、素直に羨ましかった。

（拓弥さんの、オ……オチ×チン……とっても立派なんだとか）

拓弥と交わった女たちは、口を揃えて言うそうだ。あんなに逞《たくま》しい陰茎は見たことがない、あれなら頭痛じゃなくても抱かれたい、と。

想像するだけで小春の身体は熱くなり、ムラムラとした感情が湧き上がってくる。

多島功のことを愛してはいなかったが、毎夜の如く嵌められ続けた女体は、男の味を嫌というほど知ってしまった。結婚する前とは比べものにならないくらい、小春は淫らな女になっていた。

今、この家には自分しかいない。父親は村役場で働いているし、母親は小春に留守番をお願いして買い物に出かけていた。

今ではマットも布団もない素《す》のベッド――その隅にアルバムを置き、自身も乗っかって膝立ちになる。スカートの中に両手を差し入れる。

パンティを太腿までずらし、女陰に指を差し込んだ。媚肉はすでに火照り、仄かな湿り気を帯びていた。

そっと指を動かし始める。愛しい彼の名前を呟きながら、性感を高めていく。

以前、浴室でオナニーしていたときも、拓弥のことを想っていた。

その本人に見つかり、彼が自分を慰めてくれると言ったとき、小春は恥ずかしいだけでなく、とても嬉しかった。

それでも――拒むしかなかった。

(ごめんなさい、拓弥さん……私は、あなたに抱かれるわけにはいかないんです)

ヌチュヌチュと、微かな淫音がスリットから奏でられる。

この身体をアクメに導く方法は、自分が一番よく知っていた。激しい動きは必要ない。膣穴の蜜を使い、中指の腹で剝き身のクリトリスを撫でる。

「……はぁ……はぁ……あ……んんっ」

衣服の上から乳房もマッサージした。ブラジャーと乳首がわずかに擦れ合えば、焦《じ》れったい快美感が豊満な肉丘をウズウズさせる。

左右の乳房を充分に弄んだら、その手で再びアルバムを開いた。写真の中で無垢な笑顔を浮かべる拓弥――それを見つめながら、小春は、己の最も敏感な穴にゆっくりと指を差し込む。

「あ……はうぅ……あ、あ、いいぃ……」

未亡人となった小春は、最低でも一日一回は、女盛りの身体を自ら慰めていた。拓弥が多島家の屋敷に泊まるようになってから、それが一日二回、三回と増えていった。これから女として真の完熟期を迎えるというのに、いつまでオナニーなどで我慢できるだろうかと、一抹《いちまつ》の不安を覚える。

だが今は――小春は、込み上げる愉悦に没頭した。肥大したクリトリスを淫水で磨き、秘めやかな穴に指の抽送を加える。

そして、ついに頂点を迎えた。

「拓弥さん……拓弥さぁん……あ、いいっ、イクううぅ」

腰が戦慄き、ベッドフレームがキシキシと鳴る。

名前を呼ばれた拓弥は、写真の中で気持ち良さそうに寝入っていた。小春の太腿を膝枕にして――。

## 2

拓弥が八つ俣村に来てから一週間が過ぎた。

今や、拓弥が多島家の血を引いていることは、村中に知れ渡っているようだった。

屋敷の近くをぷらぷらと散歩しているだけで、擦れ違うみんなが注目してくる。話しかけてくる者も少なくない。

あるときは、庭で洗濯物を取り込んでいた三十代後半の奥さんが、「あなた、多島さんのところの方でしょう？ ちょうど良かったわぁ」と声をかけてきた。

玄関の中に連れ込まれるや、その場でズボンのファスナーを下ろされ、ペニスをしゃぶられる。ちょっと前から頭痛が始まっていたのだそうだ。

ぽってりとした朱唇で肉竿をしごきまくられ、拓弥は、飲みきれぬほどの量のザーメン薬液を注ぎ込んでやった。

またあるときは、気まぐれに入った小さな喫茶店で、四十代の女性マスターとセックスをした。エプロンの似合う、落ち着いた雰囲気の彼女は、頭痛が酷《ひど》くなってきたので今日はもう閉店にしようかと考えていたそうだ。

彼女に乞われるまま、拓弥はカウンターの中に入り、立ちバックで嵌めた。いつ客が来るかもしれず、拓弥はハラハラしながら腰を打ちつけたが、女性マスターはそのスリルすら愉しんで、肉悦に膝を震わせていた。

エプロンの内側に両手を差し込み、拓弥はシャツ越しに彼女の乳房を揉みしだく。珈琲の匂いに包まれながら、多量の精を吐き出した。

さらには、畑仕事をしていたおじさんに呼び止められ、なかば強引に家へ連れていかれたこともあった。寝室に通されると、五十歳くらいの彼の奥さんが布団で寝込んでいた。頭痛とめまいで朝からこの調子だという。このコップに射精してくれと、男から頼まれてしまう。

さすがに困っていると、男と入れ代わりに、この家の長男の嫁がやってきた。ご迷惑をおかけしますと言って、若い彼女は拓弥の前にひざまずき、初々《ういうい》しい口奉仕を始める。

横になっていた奥さんは、「ごめんなさいね」と謝りつつ、拓弥が射精するまで、頭痛のことなど忘れたようにまじまじと見入っていた。「まあ、なんて立派なオチ×チン……」と呟き、布団の中でなにやら妖しく身を蠢かせていた。

頭痛に苦しむ女たちを救うことは多島家当主の務めであるという。

どうやらこの村の者たちは、多島家の新しい当主は拓弥であると、すでにそれは確定していると思っているらしい。

この村は不思議と美人が多いので、射精を求められてもそう悪い気はしなかった。

だが、肝心の小春とは、まったく進展がない。

夕食後などに彼女の部屋に行って、昔話に花を咲かせたりした。が、男と女の空気になりかけると、小春はすぐに機先を制してお開きにしてしまう。

「今日は、いろいろあってちょっと疲れちゃったんです」

「昨日、夜更かししてしまったせいで、もう眠たくなっちゃいました」

こうなると、女心の機微に疎《うと》い拓弥でも察することができた。小春は、男女の仲になることを避けようとしている。

嫌われているとは思えない。じゃあ、なぜ？　もしかして、ただの幼馴染みの男の子としか思ってくれていないのだろうか？

誰かに相談したくて、その日、拓弥は金田商店へ向かった。

時刻は午後二時頃。村人たちも、この暑い最中に仕事以外で出かけたくはないらしく、金田商店に客はなし。退屈そうにしていた一美が喜んで迎えてくれる。

が、拓弥が悩みを打ち明けようとする前に、またも居間に連れ込まれた。障子を閉めるや、服を脱ぎ始める一美。歓迎の理由は、やはりセックスだった。そのつもりはなかった拓弥も、逆ハート型の豊満な牝尻を見せつけられれば、若茎がムクムクと反応する。

まずは体慣らしに愛撫の応酬。一美は、拓弥を仰向けに寝かせると、「こんなのはどう？」と、拓弥の顔にまたがってきた。和式便所のスタイルで腰を下ろす。牝の花園と巨大な尻たぶがゆっくり迫ってくる。そして拓弥の顔にずっしりと着座した。顔面騎乗だ。

さすがに少々重かったが、モチモチとした弾力の肉丘に挟み込まれる圧迫感と、ぴったり頬に張りついてくる尻たぶのひんやりとした感触が心地良い。

そして真夏の熱気に蒸された秘唇が、拓弥の鼻に押しつけられる。濃厚な磯の香りが否応なく鼻腔に充満し、頭がクラクラした。

しかし気を失うどころか、卑猥な官能が暴走し、ガチガチに膨らんだ肉棒の先から、早くも先走り汁がダダ漏れする。

一美が身体を倒して、肉棒を咥え込む。シックスナインが始まった。

舌にピリッとくるような、塩気を帯びた媚肉の味わい。それがすっかりなくなるまで、拓弥はベロベロと舐め回す。

クリトリスを剝くと、頰がへこむほどに吸い立て、甘噛みを加える。

いや、最初は甘噛みでも、徐々に強く歯を立てていく。男の二倍も神経が通っているという牝器官に前歯を食い込ませると、痛みを悦びとする一美は艶めかしい悲鳴を上げた。膣口から大量の女蜜を溢れさせる。

負けじと一美も肉棒をしゃぶり、指の輪っかで根本をしごき立てる。

いつしか二人の行為は前戯の範疇を越えていた。お互いに奇妙な対抗心を芽生えさせ、夢中になって相手の急所を責めまくった。

拓弥はさらに親指を蜜穴にねじ込んでズボズボと抜き差しした。一美も、収縮していなり寿司のようになった陰嚢を撫で回し、揉みほぐし、中の睾丸を妖しい指使いで弄ぶ。

「おおっ……で、で、出るウッ！」

「ングゥ、うも、おお、ふぐぐーッ！」

結局、前戯だけで二人とも果ててしまった。

アクメに震えつつ、一番搾りの生精液を、喉を鳴らして嚥下《えんげ》する一美。

だが、淫蕩を好む彼女がこれだけで満足するはずもない。

射精の発作が収まると、一美は起き上がって、拓弥の身体の上で反転した。なおも血管を浮き上がらせ、一ミリも萎《な》える気配のない肉槍を握り起こし、騎乗位の体勢に入る。「いくわよぉ……それっ」

淫蜜を滴らせ、充分に肉のほぐれた膣穴に、ズブズブッと挿入される。巨砲が根本まですっかり埋まり、鎌首が膣底を抉って、子宮を押し上げた。

「うぐぅ、お腹の奥まで、ひ、響くわぁ」

一美の表情に苦悶と喜悦が混ぜ合わさる。拓弥の肩に両手を載せると、すぐさま腰を振り始めた。

(ううっ、やっぱり一美さんのアソコはたまらない)

膣路の途中にくびれのような部分があるので、そこを潜るたび、雁の急所がゴリッゴリッと磨《す》り下ろされる。

このままではあっけなく二発目を搾り取られそう。拓弥は上半身を起こして対面座位に体勢を変え、揺れるDカップを揉みくちゃにし、先端の突起に食いつく。

いきなり歯を立て、強めに噛んだ。一美が望んでいると知っていればこその過激な肉仕置きである。彼女と交わるときだけは、不思議と己の中に凶暴な情欲が芽生えた。

案の定、一美は、痛苦の愉悦にますます乱れる。

「イヒイッ……く、くうぅ、拓弥くんったら……ほんとに、あたしの好みをわかってくれてるわぁ……そ、そ、そう、それェ」

抽送はよりダイナミックになり、一美は嬉々として自らの膣を串刺しにした。

極太の棍棒が内臓を突き破りそうな衝撃。それはマゾ女をさらなる狂悦の虜とする。

拓弥も嗜虐心を奮《ふる》わせ、反対側の乳首だけでなく、肉房そのものにも噛みついた。

乳肌のあちこちに歯形を刻みつける。

「はぁん、いいわぁ、もっと噛んで、もっと強くゥ！」

「これ以上、強く噛んだら……傷になっちゃうかもしれませんよ？」

「構わないわ。痕《あと》が残っちゃうって考えただけでもゾクゾクするウゥ。ああん、もうイッちゃいそう！」

しかし、言葉とは裏腹に、ピストンのスピードは落ちていった。

このデカ尻を抱えて、スクワットの如き上下運動を続けるのは、やはり大変なのだろう。呼吸は乱れ、額には大粒の汗。拓弥の肩をつかむ両手からは必死さが伝わってくる。

拓弥は、彼女を手伝ってあげることにする。

大きく振り被った掌で、丸々と実った桃尻にビンタを喰らわせる。バチーンッと乾いた音が鳴り響いた。続けて、二発、三発と振り下ろす。

「オオッ……ホオッ……ヒイィンッ！」

「僕もそろそろイキそうだから、最後まで頑張ってください。ほらッ！　ほらッ！」

「アアッ……が、頑張るウゥ！」

一美は、歯を食い縛り、腰のストロークを再加速した。「頑張るから……もっとぶってェ！　メチャメチャに叩きながらイカせてエェ！」

「はいッ」

拓弥は、両手を左右交互に叩きつける。パンッパンッパパンッと、巨尻の打楽器を乱れ打ちにする。

鞭《むち》を入れれば入れるほどピストンは高速回転した。膣が裏返りそうな勢いでペニスは抜き差しされ、熱々の肉襞に牡の急所が擦られまくる。

二度目の射精感が押し寄せてくるのを、拓弥は必死でこらえる。だが、長くは持たなかった。

わずかな気の緩みで、固く締め上げていた肛門から力が抜ける。その瞬間、せき止めていたザーメンが前立腺を突破し、一気に奔流となった。煮え湯が尿道を駆け抜けるような感覚。

「あッ……ウウウウッ!!」

膣底にめり込んだ亀頭の先から多量のザーメンが噴き出せば、一美も後を追うようにオルガスムスに達した。

「んほおぉ、凄いの来る、来る、イッグウウウーッ!!」

拓弥の首にしがみつき、ガクガクと全身を震わせる一美。

脈動する膣路に搾られ、拓弥は最後の一滴までザーメンを吐き出す。

「はぁ……はぁ……はぁ……ふーっ」

やがてオルガスムスの荒波が収まると、汗だくの彼女の身体をそっと横たえ、結合を解いた。

「おぉん……お尻がジンジンするぅ」

一美はごろんとうつぶせになる。尻たぶは、左右どちらも、痛々しいほど真っ赤に染まっていた。まるで猿の尻のようだ。

セックスの興奮が鎮まってくると、拓弥も少々申し訳ない気分になってくる。

四つん這いになって豊臀に顔を近づけ、腫れ上がった尻たぶをいたわるように舌を這わせた。最初は驚きの声を上げた一美だったが、すぐに気持ち良さそうに受け入れる。

「ありがとう、君のそういうところ、大好きよ……はうぅん」

いくらマゾ趣味の持ち主でも、優しくされるのが嫌いなわけではなかった。熱を持つほどに腫れた尻肌を舐められると、微かな痛みを混ぜ合わせた快美感が滲《にじ》み出てくるらしい。一美はうっとりと深い息を漏らし――そして、思い出したように尋ねてくる。

「そういえば、君は確か、あたしになにか相談があったのよね。なぁに？」

「あ、そうでした、はい」

拓弥自身も危うく忘れそうになっていた。舌愛撫をいったん止めると、思い切って打ち明ける。「あの……実は僕、好きな人がいるんです」

「……ふーん」

「仲は悪くないと思うんですけど、でもその人は、僕と恋人同士になるのを避けているみたいで……どうすればいいのかと困っているんです」

「それって、この村の人？」

「……は、はい」

「なるほどねぇ。うん、じゃあ、悪いけど、ちょっと待って」

一美は、スーッと息を吸い込む。そして唐突に大声を出した。

「あんたたち、見たんだから見物料を払いなさい！　一人、五百円ッ！」

途端に、障子の向こうからバタバタッと物音が聞こえてくる。さらに慌てふためくような少年たちの声も。「やべっ」「逃げろっ」

複数の足音が響き、それは店の外に飛び出していった。

「え、え？」

呆気に取られる拓弥。一美がクスクスと笑う。

「気づいてなかったぁ？　お店に続いている障子が、ちょっとだけ開いているでしょう。子供たちが覗いていたのよ」

今の声に、一美は聞き覚えがあるという。よく金田商店に菓子を買いに来る小学生たちだそうだ。

「い、いつから……!?」

「多分、あたしたちがシックスナインをしていた頃からじゃないかしら」

「ええっ……じゃ、じゃあ、なんで黙っていたんですかっ？」

フェラとクンニの絡み合いだけでなく、過激なスパンキングによる嵌め姿まで——完全十八禁の生セックスを子供たちに披露してしまったということだ。拓弥は、頭の中が沸騰しそうになる。

しかし一美は、茶目っぽく肩をすくめた。「見られながらのセックスって、どんな感じか興味があったのよ。ふふふっ――ねえ、あの子たち、うちに帰ったら、あたしたちのセックスを思い出してオナニーするのかしら？」

まんざらでもなさそうに、助平女の笑みを浮かべる一美。

「そんな……ま、まずいでしょう。今の子たちが誰かにしゃべったりしたら……」

「平気よぉ、別に不倫しているわけじゃないんだし。だいたい、君があちこちでセックスしてるのは、村の大人ならみんな知ってるんだから。今さら言いふらされたって問題ないでしょう？」

拓弥が多島家の血を引いているのは、もはや周知の事実。女たちの頭痛を治すためにそこかしこで射精していることもとっくに知れ渡っているそうだ。

だとすれば、小春の耳に入っていてもおかしくはない。

「もしかして、それが理由で嫌われちゃったのか……？」

「うーん、どうかしら」一美が起き上がる。少し真面目な顔になって、拓弥と向かい合った。「君の好きな人って、ひょっとして小春さん？　だったら、その心配はないと思うわ」

「え……ど、どういうことですか？」

想い人を見抜かれたことも今は気にならず、拓弥は一美に詰め寄る。

「だって小春さんは、多島家の先代当主の奥さんだったのよ」と、一美は言った。

「女たちに精液を与えることは当主のお役目なんだから、そのことには理解があるはずだわ。そもそも当主の奥さんじゃなくても、この村の女たちはみんなわかってる」

八つ俣村の女たちを襲う頭痛は、症状が重ければ、起き上がることもできなくなるほどの苦しみ。どんな医学的治療でも治せない原因不明のその病気が、多島家の男の精液ならば癒してくれる。解放してくれる。

それがどれだけありがたいか――女たちはよく知っていた。

「だから、この村で生まれた女だったら、君が誰とセックスをしても、それを咎めたりはしないはずよ」

「じゃあ、どうして……小春姉さんは、亡くなった旦那さんのことがまだ忘れられないんでしょうか……？」

「いやぁ、ないわね。それはないわ」一美は、やけにきっぱりと言い切る。「死んだ人の悪口は言いたくないけれどね、亡くなった多島功さんは、わりと性格に問題のある人だったのよ。わがままで、乱暴で……」

多島家の当主であることをかさにかけ、いろいろ酷いこともしていたという。

村人からはかなり嫌われていて、女たちの中には〝多島功に抱かれるのは嫌だから、頭痛が始まっても我慢する〞という者もいたそうだ。

「小春さんも、無理矢理に結婚させられたって感じだったし……功さんが亡くなった後も操《みさお》を立てているとは思えないわ」

「え、小春姉さん、無理矢理の結婚だったんですか……!?」

「そ、小春さんのご実家が、多島家に多額の借金をしててね。〝借金の形《かた》に娘を差し出せ〞って、まるで時代劇の悪者よねぇ」

拓弥の腹の中で、多島功への怒りが一気に煮えたぎった。

もしも自分が多島家の先々代の息子なら――おそらく間違いないのだろうが――功は、血の繋がった兄ということになる。ますます不愉快な気分だった。もしもまだ彼が生きていたら、後先考えずに殴りかかっていたかもしれない。

「小春姉さんが、そんな奴を好きになったりするはずないです」

「うん、あたしもそう思う。だからね、思い切って告白しちゃったら？　〝好きだ！〞って言っちゃえば、案外なんとかなるかもしれないわよ」

「そ、そういうものでしょうか……？」

「ええ。まあ……なんともならないかもしれないけど」

「どっちなんですか!」

「知らないわよぉ。あたしは小春さんじゃないんだし」

一美は、拓弥の前にやってきて、まるで陰茎に話しかけるように顔を近づけてくる。

「大丈夫、もしも振られたら、あたしが慰めてあげるから」

しんなりとうなだれたペニスに舌を当て、生乾きの白い汚れを嬉しそうに舐め清めていった。

3

一美に相談したおかげで、少しだけ気分が前向きになった。

しかし、すぐに屋敷に戻って、小春に告白する気にはならない。まだ、そこまでの勇気はなかった。

(……こういうときは、神頼みでもしてみようか)

金田商店を後にした拓弥は、その足で八つ俣神社に向かった。一の鳥居から、木々に囲まれた参道を歩き、石段を上って二の鳥居を潜る。

本殿の前に立ち、賽銭箱に百円を放り込んで、パンパンと柏手を打つ。

と、社務所の戸が開き、巫女の梅宮幸乃が出てきた。

「おや、誰かと思えば――よく来ましたね」

拓弥の顔を見て、幸乃はにっこりと微笑む。拓弥はぺこりとお辞儀をした。

「お参りに来るとは殊勝な心がけです。せっかくだからお茶でも飲んでいきなさい」

断る理由もないので、拓弥はお礼を言って社務所に入った。中は飾り気のない八畳間で、こぢんまりとしたガスコンロと流し、それに押し入れがあるだけである。家具といえば戸棚と、部屋の中央に置かれたちゃぶ台くらいだ。

この社務所では、おみくじやお守りを頒布《はんぷ》しているわけではないので、幸乃はここを、ただ待機するための場所として使っているという。ただし、テレビもラジオも置いていない。

「巫女の修行として、なるべく現代のものに頼らない生活をしてるんでしたっけ？」

「そうです」と、拓弥のための座布団を用意しながら幸乃は言った。「とはいえ、薪《まき》に火をつけてお湯を沸かしたりはしていません。ここには竈《かまど》がないですから」

ガスコンロにヤカンをかけて湯を沸かし、お茶を淹《い》れてくれた。余った湯は魔法瓶に入れる。何度も湯を沸かすのはガスがもったいないということで、魔法瓶はセーフらしい。

湯飲みのお茶を一口すすって、幸乃は尋ねてきた。

「それで、今日はなんの用件ですか？」

拓弥は首を傾げる。「用件……？　いえ、お参りに来ただけですけど」

「お参りだけ？」幸乃は目をぱちくりさせる。

が、すぐになにかを察したような顔で、ふふっと笑った。

「いいんですよ、恥ずかしがらなくて。正直に言ってみなさい」

「え……？」

「大丈夫です。わかっています」幸乃は訳知り顔で頷く。「成人の儀式の後《あと》、私の身体が忘れられなくてまたやってくる若者は、そう珍しくありませんから」

「え、え？」

「本来なら断るところですが、性欲を持て余して悩んでいる若者を救うのも神職の務め——さあ、脱ぎなさい」

そう言うや、幸乃は立ち上がって、巫女装束の腰の帯をほどき始める。

一瞬、呆気に取られた拓弥だが、彼女の妙にウキウキした顔を見て、ははーんと悟った。

「……ほんとは幸乃さんがしたいんじゃないですか？　セックス」

「なっ……ち、違います。私はあなたのために……み、巫女としての義務です」

絶対、嘘だ。目が泳いでいる。

「正直に言わないと、セックスしませんよ」

「正直もなにも……私は、あなたの思うような、好き者の淫乱女ではありませんっ」

「じゃあ、帰ります」

「ああっ、わ、わかりました」

拓弥が立ち上がろうとすると、幸乃は慌ててすがりついてきた。

成人の儀式で交わったあの日から、拓弥のイチモツが忘れられないのだと、頬を赤くして白状する。そして懇願してきた。天上の世界まで昇り詰めるような、あの幸福感をもう一度味わわせてほしい、と。

「やっぱりそうでしたか。まあ、ちゃんと言ってくれたから、約束は守ります」

ただし――と、拓弥は条件をつける。「セックスをするなら、僕の好きなようにやらせてください。いいですね？」

幸乃は訝《いぶか》しげな顔をした。が、セックスを目の前にぶら下げられては、首を横には振れなかった。警戒の表情をしつつも頷き、帯をほどいて、次々と衣を外していく。

最後に、ブラジャー代わりのさらしをほどき、脂の乗り切った爛熟ボディと大迫力の巨乳をさらけ出した。

（一美さんが言ってたな。幸乃さんのオッパイ、確かKカップなんだっけ。やっぱり凄いや）

そして、相変わらずの無毛の恥丘もあからさまになっており、男心はさらに奮い立つ。拓弥も手早く服を脱いでいった。

ふと、魔が差すように、ただのセックスでは面白くないという気になる。

一美と交わったばかりのせいか、胸中にはサディスティックな欲情が未だ燻《くすぶ》っていた。年上の女をいじめてやりたくなった。

「そのさらし、ちょっと使わせてもらいますね」

「え……か、構いませんけど……ああっ、な、なにを!?」

彼女を後ろ手にし、左右の手首をさらしでグルグル巻きに縛る。拓弥は彼女の正面に戻って、乳首をキュッとつまんだ。

「あぅうんっ」

大振りの肉突起は、〝成人の儀式〟のときに見つけた彼女のウイークポイントである。妙に可愛らしい声を上げた幸乃に、拓弥は命令をした。「さあ、そのまま膝立ちになってください。そう――もっと胸を反らして」

「あぁ、なにをする気ですか……」

「これだけ大きければパイズリも余裕ですよね」

「パ……パイズリ？　なんですか、それは」

拓弥は、ちょうどいい腰の高さを調整してから、すでに充血しきった肉棒を、双乳の谷間にあてがった。

重力とせめぎ合い、艶めかしい曲線を描いているバスト――それを両手で持ち上げ、寄せ集めると、若勃起がサンドイッチになる。いや、形状からして、ホットドッグというべきか。

極太ペニスの幹が、丸々一周、すっぽりと包み込まれて、それでもまだ乳肉には余りがあった。爆乳を超えた存在、神乳と呼ぶにふさわしい代物だ。

拓弥はゆっくりと腰を振り、なめらかな乳肌でペニスを擦る。「これがパイズリですよ」

「まあ……なんてイヤらしい……卑猥な行為でしょう。こんなことをしたがるなんて、あなたという子は……」

呆れたように眉をひそめる幸乃。だが、乳房の狭間からニョキニョキと顔を出す亀頭に、彼女の目は釘付けになっていた。

「……こんなことが、気持ちいいのですか？」

拓弥は無言で頷く。しゃべれなかったのは、口内に唾液を蓄えていたからだ。

充分に唾液が溜まったら、それをドロリと上から垂らした。双乳の谷間に注げば、肉棒にも絡みつく。潤滑剤《じゅんかつざい》を得たことで、パイズリの抽送はよりスムーズになり、摩擦快感はさらに甘美なものとなった。

ヌチュ、ヌチュチュ、グチュ、チュブッ、グププッ。

「うう、凄く気持ちいいです。幸乃さんも唾液をいっぱい垂らしてください。オッパイが乾かないように」

「わ、私も……？」

「射精してほしいですよね？」

「くっ……わ、わかりました」

幸乃も——しばらくして恥ずかしそうに目を閉じると、清らかな巫女の唾液を胸の谷間に流し込む。唇を尖らせて、トロリ、トロリと。

拓弥と幸乃、二人の唾液が混ざり合い、肉棒で攪拌《かくはん》された。白い泡が谷間の奥からブクブクと溢れ出し、妖しい淫臭が立ち上る。

今や肉の合わせ目は充分すぎるほど潤っていた。まるで真空パックのように、柔らかな乳肉がペニスにぴったりと張りついてくる。抜くときも、差すときも、それこそ雁首の溝にまで吸いついて離そうとしない。

手コキやフェラチオ、セックスとも異なる未知の摩擦感に襲われ、拓弥は歯を食い縛った。精液混じりのカウパーが止めどなく溢れる。

（お、おおっ……パイズリがこんなに気持ちいいとは……！）

今までAVで見て、一度は試してみたいと思っていたプレイである。ただ正直なところ、所詮はセックスの疑似《ぎじ》行為と高をくくっていた。

だが、今の拓弥は、マス搔きを覚えた猿の如し。想像以上の愉悦に腰を止められなくなっている。思うに、パイズリの快感は、乳房の大きさに比例するのだろう。

文句をつけたらそれこそ罰が当たる、極上の初パイズリ体験だった。高まる射精の予感。拓弥は全力で腰を突き上げ、自らペニスを追いつめた。

「うぐ、ぐ……で、出ます……口を、大きく開けて」

「ええっ、こ、このまま出すつもりですか？ ま、待ちなさい」

「待てません……あ、あ、アアッ！」

腰をググッと弓なりに反らし、沸き立つ射精感を解放する。

噴き出すザーメンが、勢い余って幸乃の頭上を越えていった。

ビュビューッ、ビュッ、ビューッ！　ビュルルルーッ！

これでもう本日三度目なので、拓弥自身、正直侮《あなど》っていた。まさかの勢いに慌てて肉棒の角度を調整する。白濁した液弾は幸乃の額に当たり、鼻に当たり、ようやくあーんと開いた朱唇の奥へ。

「はぁ、はぁ……ふうぅ」

発作が収まると、拓弥は胸の谷間からペニスを抜き、幸乃の口に咥えさせた。舐め清め、尿道内の残り汁まで吸い尽くしてから、彼女は不満を漏らす。

「あぁん……酷いわ、顔にかけるなんて……半分しか飲めなかったじゃない」

水飴の如き精液が美貌にベットリとこびりつき、左目などは、もはや開けていられなくなっていた。

「すみません。もうちょっと上手く飲ませてあげられると思ったんですけど」

謝りながらも、拓弥はなんともいえぬ昏《くら》い爽快感に酔っていた。

神聖なる巫女の顔をザーメンで汚すという、業の深い快感にゾクゾクする。

「まったく……こんな、女を辱《はずかし》めるようなことをして悦ぶなんて、ろくな大人になりませんよ」

そうは言っても、幸乃の方もまた、年下に屈辱的に扱われることに妖しい興奮を得ているようだった。鼻息が艶めかしく乱れている。

一美は肉体的な痛みに愉悦を覚えるタイプだが、幸乃は精神的な被虐に悦んでしまうタイプのマゾかもしれない。あるいは、幸せホルモンが効いてきたことで、彼女の新しい性癖を目覚めさせてしまったのだろうか。

「気をつけます」と苦笑いをする拓弥。こびりついた目元の精液を指ですくい取り、それを彼女の口に運んだ。

幸乃は、精液をまとった指を躊躇うことなく咥え、旨そうにチュパチュパとしゃぶる。舌の絡みつくくすぐったさに、拓弥は指でも感じてしまった。

こちらも負けてはいられない。額や鼻の汚れも綺麗に拭いながら、空いている手を彼女の股間に潜り込ませ、秘唇の狭間を探った。

そこはもう蜜に溢れており、大振りの花弁がヌルヌルと指に絡みついてくる。

「うわ、お漏らししたみたいですね。パイズリで興奮しちゃったんですか？」

「ち、違いますっ……あ、やぁん……く、くふうぅ」

クリの皮を剝き、ぬめる指先でネチネチといじくれば、熟れ腰はひくつき、幸乃の口からザーメン臭の熱い吐息が吐き出された。

割れ目から溢れた蜜は、大陰唇だけでなく太腿まで濡らしていく。拓弥は、幼女のような恥丘に牝のぬめりを塗りつけながら尋ねた。

「気になっていたんですけど、アソコの毛は剃っているんですか?」

「はっ……ひっ……い、今は、そんなこと……どうでもいいでしょ……おおっ」

「やめちゃいますよ?」

「あぁぁん……い、意地悪ぅぅ……そうです、そ、剃ってるのオォ」

それは巫女に課せられた習慣というわけではなく、仏教僧の剃髪《ていはつ》に習って、幸乃が自主的にやっているのだという。

「僧侶は……お、己の煩悩や、つまらない執着心を打ち消すために……剃髪をしているのだそうです……わ、私も、それを真似して」

「じゃあ、なんで髪の毛じゃなくアソコの毛を?」

「巫女には、決まった髪型があるからです……頭を丸めるわけにはいかないので……し、下の毛を……お、お、おほぉおおッ」

コリコリに勃起したクリトリスを、二本の指でつまみ、ねじり、転がした。狐のように細い目を、なおいっそう細くして、幸乃は愉悦に顔を歪ませる。

熟腰が震えれば、そのバイブレーションがクリいじりにさらなる快感を加え、女体はますます戦慄いた。肉悦と痙攣が繰り返され、螺旋《らせん》の如く高まる性感。なんと欲深い女の性だろう。

全然煩悩を打ち消せていないよなと、拓弥は思いながら、

「こっちの口にも欲しいですよね？」

精液を拭い取った指——人差し指と中指を蜜壺に挿入した。

沸かしたての風呂の如く火照った膣壁にザーメン軟膏を塗り込んでいく。ザラザラとした膨らみ、彼女の大好物と思われるGスポットには特に念入りに。

「あぁぁん、ちょうだい、もっとぉ……そ、そう、それ、それえぇぇ」

そして膣壺は強烈な締まりを見せる。指に食い込む肉襞の感触を味わいながら、ぬめりを頼りに膣路を擦り立てた。指の腹を膣の天井に押しつけて抽送する。

「ダ、ダメぇ、それ以上されたらイッちゃうわ。前戯はもう充分だから、お願い、イチモツを入れてちょうだい！」

しかし拓弥は、その願いに応えなかった。それどころか指ピストンを加速させ、さらには彼女の敏感な乳首に吸いつき、激しく舐め転がす。

「んひぃ、今、乳首はぁ……ん、んふーッ、ふひーッ」

両腕を縛られ、完全に主導権を失った幸乃は、ガクガクと悩ましく戦慄きながら、拓弥の愛撫になすがままでいることしかできなかった。

八畳の小屋いっぱいに巫女の淫声が響く。それはどんどん切羽詰まっていき——

「もうダメ、ほんとに……が、我慢が、無理……あぁぁイク、イッちゃう……イク、イク、イックううぅぅ！」

アクメの痙攣が収まると、幸乃の膝が崩れそうになる。

が、挿入した指を柱にして、拓弥は女体を強引に支えた。

「まだ終わりじゃないですよ」

絶頂を迎えたばかりの膣粘膜に、なおも容赦なくピストンを加える。

二本の指を鉤《かぎ》状に曲げて、Ｇスポットをさらに苛烈に擦《こす》りまくった。

「んぎぃい、やめっ……あ……ひ、ひーッ！」

「もう一回、指でイッてください」

「ええッ？　む、無茶言わないで……お、おほうっ、いじめないでぇ！」

ついに幸乃は股を閉じる。太腿で手を挟みつけ、抽送を制止する。

仕方がないので、拓弥はＧスポットに指圧を施した。しこりを感じさせる肉の膨らみを圧迫するや、熟れた果実に指を押し当てたときのように、ジュワッ、ジュワッと、膣壁から牝汁が浸み出してくる。

「んほぉおおぅ、やめて、やめなさ……お、おうーッ、またイッちゃウウゥ！」

さらにもう片方の手でクリ責めを再開した。パンパンに膨らんだ肉真珠を親指の腹で磨き上げ、根本から爪をひっかけるようにほじくり返す。

「いや、いやあぁ、またイグ、イグうぅぅ……！」

汗だくの女体が今度こそ仰向けに倒れた。

豊満なる乳房を上下させ、幸乃は喘ぎながら絶頂に身を震わせる。

縛りつけた両手が、背中で押し潰されて辛そうだった。拓弥は、先ほど座っていた座布団を二つ折りにし、彼女の腰の下に挟んだ。

だらしなくコンパスが開き、女陰はあからさま。花弁が満開で、膣口は未だ開きっぱなしである。白く濁ったアクメ汁が尻の谷間まで垂れ流しという有様。

一美との交わりも含め、三度の精を放った肉棒だが、巫女の股間の惨状に今また劣情を高ぶらせる。四度目の射精に挑まんと、青筋を浮かべて怒張していた。

指にたっぷり絡みついていた白蜜をしゃぶれば、甘くほろ苦い味わいが、牡の血をたぎらせる。拓弥はすぐさま膣口に亀頭を押し当て、一気に奥まで挿入した。

ヒイッ!?　と、目を見開く幸乃。

「や……ダメ、ダメです……二度も昇り詰めたばかりなんですよ……今は、敏感になっているから……あっ、ンホォオオウッ！」

拓弥の慈悲は、腰の下に座布団を挟んでやるところまでだった。アクメの熱の冷めやらぬ女壺を、最初から勢い良く嵌め擦る。

釣り上げられた魚のように、幸乃は狂おしく身をよじって暴れた。

「んぎいいぃ、またイグッ！　イッでしまううゥ！」

ギュギューッ、ギュギューッと、激しいリズムで収縮を繰り返す肉の穴。Ｇスポットで二度も中イキした膣路は、たまらない嵌め心地に仕上がっていた。

鍛え抜かれた骨盤底筋による猛烈な締めつけで、雁首の急所が擦り立てられ、肉竿がゴッシゴッシとしごかれる。

（うおお、幸乃さんのオマ×コ……こ、この前よりもヤバイ）

まだ童貞だった頃にこんなセックスをしたら、まさに三擦り半で果ててしまっただろう。垂涎《すいぜん》ものの愉悦によって、三度の吐精など忘れてしまったかのように、若勃起はどんどん新たな射精感を高めていく。

「くっ……す、凄く、気持ちいいです……すぐに、イッちゃいそうですよ」

「イッて、早く終わってェ！　じゃないと私……お、おかしくなっぢゃうわアァ！」

指マンで立て続けに気をやり、さらにそこからの太マラ嵌めで、幸乃の性感は鎮まる暇がないのだろう。より深い絶頂感に向かって女体は堕ちてゆく。

「ひぎっ……お、おっ……もう、む、無理ィ……気持ち良すぎて……ふほっ……死ぬ、死んヂャウウゥ……！」

ほとんど白目になって、随喜の涙を流しながら、苦悶に耐えるように歯を食い縛る。もはや凛々《りり》しい巫女の美貌ではない。地獄の肉悦に狂える牝の顔だ。

ヌラヌラと汗にまみれた身体は絶えず痙攣し、右へ左へと背中をよじり、そして髪を振り乱す。鬼気迫るその様子は、まるで悪霊にでも取り憑《つ》かれたかのよう。

拓弥は、彼女の乱れっぷりにゾッとした。しかし、同時に昏《くら》い興奮も覚える。それはまさに凄艶《せいえん》の一言だった。

「アーッ、またイグううぅ！　ひっ、ひっ、フゥウウウッ!!」

背骨が折れんばかりに仰け反り、さらなる絶頂感の高波に呑み込まれる幸乃。

別の生き物のように膣肉がうねり、複雑怪奇な律動でペニスを絞り上げる。

と、その瞬間、膣前庭の小さな穴——尿道口から、透明な液体が噴き出した。ピュッ、ピューッと、拓弥の腹にまき散らされる。

「わっ!?」拓弥は目を剝いて驚いた。「これ……潮吹きってやつですか？」

「あ……あっ……やあぁ……出ちゃったぁ」

うわごとのような呟き。今の幸乃には、拓弥の声は聞こえていないようだ。

ブリッジ状態で宙に浮いた熟腰が、アクメに合わせて卑猥にひくついている。しばらくは淫らな潮をちびり続けていた。

（うわぁ、エロい……）

下腹から太腿が生温かく濡れる。しずくがポタポタと座布団や畳に滴り落ちる。まるで女の射精を見ているような気分になった。それに釣られて、こちらも引き返せないほどの射精感を催す。

ラストスパートで猛然と腰を叩きつけた。すると、幸乃はかすれた声を絞り出し、肉の拷問から逃れようと必死にあらがう。「やめっ……もう赦《ゆる》して……ほんとに死んじゃうッ……ひぎぃ、殺されルウゥウッ……！」

暴れる太腿を抱え込み、女体の自由を完全に奪ってから、拓弥は、肉槍で膣底を滅多刺しにする。ピストンの激震は、巨大な乳房を、嵐の中の木の葉のように容赦なく振り回した。

いくら幸乃本人が嫌がっても、牝壺は最高級の電動オナホの如く締まり、うねり、こちらの吐精を促してくる。拓弥は、裏筋を引き攣らせながら、ペニスの急所を膣襞の凹凸に擦りつけまくった。

「う……ウオオオッ……で、で、出るッ!!」

肉棒が燃えるように熱くなり、射精感が限界を超える。

気絶しそうな感覚に襲われながら、本日四発目のザーメンを注ぎ込んだ。

「す……凄いいっぱい……あぁ、子宮まで流れ込んでぐるゥ！　イッ、イグッ、イグウッ……ンギィイイイッ!!」

先ほどよりも多少勢いの弱まった噴水をほとばしらせ、幸乃も最後のアクメに沈んだ。

## 4

オルガスムスの荒波が凪《な》いでいくと、幸乃は大きく溜め息をつき、それから体内に注ぎ込まれたザーメンの量に感嘆した。二度目の射精だと思っていた幸乃は、実はこれが本日四度目の射精だと知って、さらに驚いた。

「あなたは父親の血を強く受け継いでいるようですね。先々代の多島家当主だった彼は、人並み外れた性豪でした」

彼は、村の女たちとまぐわうだけでは飽きたらず、町に出ては気に入った女を妾にして連れ帰り、あの屋敷に五人も住まわせていたという。筋金入りの女好きで、乱痴気騒ぎの淫宴は毎夜の如く繰り広げられていたそうだ。

「あなたの精力の強さは父親譲りなのでしょう。しかし、だからといってそれを過信してはいけませんよ」

真面目な表情になって幸乃は言った。そんな絶倫男だった先々代も、結局はセックスのしすぎで死んでしまったという。一日で三十二人の女と交わり、最後は腹上死を遂げてしまったそうだ。

ちなみにその息子である多島功には、性豪の才能はまったく受け継がれなかったらしい。にもかかわらず父親の真似をして女狂いの日々を送り、足りない精力を怪しい強壮剤で補い、その挙げ句、三十歳の若さで死んでしまった。

「歴代の多島家当主たちは、早死にしている人がとても多いようです。あなたも気をつけるのですよ」

「僕はまだ当主になるって決めたわけじゃないですけど……はい、気をつけます」

「よろしい」と、幸乃はしかつめらしく頷いた。「甘く考えていると、己の命を縮めるだけでなく、あなたと交わった女たちも苦しめることになりますからね。小春さんはとても気の毒でした」

「え……小春姉さんが？」

突然、想い人の名前が出たので、拓弥は思わず聞き返してしまう。

「ええ……功さんが他界した後、小春さんはしばらく自分を責めていました。あの人が亡くなったのは私のせいです、と」

多島家の当主として、村中の女を自由にしながらも、功がもっとも執着した女性――それは妻である小春だったという。

どれだけ村の女たちに精を放っても、功は毎晩必ず小春を抱いた。夜が明けるまで嵌め狂うことも珍しくなかったらしい。

海外から取り寄せた強壮剤をがぶ飲みする功に、小春は何度も無理をしないでくださいとお願いしたそうだ。しかし、聞き入れてはもらえなかった。

「あのとき、もっと強く言っていれば――と、小春さんはとても後悔していました」

夫として功を愛していたわけではなかったが、自分が彼を狂わせ、結果死なせてしまったのだという罪悪感を覚えずにはいられなかったのだろう。

幸乃は巫女として、悩める村人の話を聞くこともしており、当時の小春は足繁く八つ俣神社に通ったそうだ。

「そんな、小春姉さんは悪くないのに……」

「私もそう言いました。傍若無人な功さんを諫《いさ》めることは、あの双子の藤緒さん、孝緒さんでも無理だったでしょう」

　カウンセラー代わりの幸乃と話すことで、今では小春も、あれは仕方なかったことだと割り切れるようになったそうだ。

「小春さんは、あなたのことをとても可愛がっているらしいですね。ですから、もしもあなたが功さんと同じことになったら、小春さんはまた自分を責めてしまうでしょう。そのことをよく覚えておきなさい」

「はい……」

　八つ俣神社からの帰路。物思いに耽りながら、拓弥はのろのろと村の道を歩いた。

（小春姉さんは、僕とのセックスを避けている……）

　その原因は、まず間違いなく過去のトラウマだろう。拓弥もまた、自分とのセックスに溺れ、命を縮めてしまうのではないかと、彼女は恐れているのだ。

　しかし、自由に村の女を抱ける多島功が、なぜそこまで小春の身体に夢中になったのだろう？　余程の気持ち良さだった？　そうかもしれないが、あるいは――

（もしかしたら……多島功は、本気で小春姉さんが好きだったのかも）

　セックスは、性格の歪んでいた彼の唯一の愛情表現だった――そうとも考えられた。だとすると、彼の不器用さが少々哀れに思える。

腹違いの兄と拓弥、共に同じ女性を愛したとなると、運命めいたものを感じずにはいられなかった。ただ、拓弥は、小春を不幸にするつもりはない。

（どうすればいいだろうか……）

やがて多島家の屋敷が見えてくる。表門の前に人影があった。小春だ。こちらに気づき、元気いっぱいに腕を振る。

拓弥は駆け寄っていった。「ど、どうかしたの、小春姉さん？」

「いいえ、なにも」小春は、にこにこしながら首を振る。「ただ、なんとなく、そろそろ拓弥さんが帰ってくるような気がしたんです。それで、表に出てみたら、本当に拓弥さんの歩く姿が見えたので——私、うふふっ、嬉しくなっちゃって」

顔いっぱいに微笑んでいる彼女を見ると、拓弥の胸は熱くなった。ああ、なんて可愛い人なんだろう。まるで仔犬のようだ。

潜り戸を抜け、玄関まで歩きながら、拓弥は尋ねた。「ねえ、小春姉さんは……僕が多島家を継がなかったら、どうする？」

「え……」唐突な質問に驚き、小春は立ち止まる。

不安げに眉根を寄せ、確認してきた。「それは……この村をまた出て行くということですか？」

「……一応、そうだと思って」

「そうですか……」

少女のような笑顔が曇り、小春はうつむいてしまう。

両手を組み合わせると、彼女は強張る指を微かに震わせた。「拓弥さんがいなくなってしまうのは……とても残念です。考えただけで寂しくなります」

ぽつり、ぽつりと、小春は呟く。

「でも、多島家の当主のお役目は、とても大変なものです。身体を壊し、寿命を縮めてしまいかねないほどに……」

ゆっくりと顔を上げる小春。

目尻の下がった、優しそうな彼女の瞳が、今ははっきりと潤んでいて——

けれどその唇は、静かに微笑んでいた。

「だから、拓弥さんがそんな重荷を背負わないですむなら、私は少しほっとします」

その表情を見た瞬間、拓弥の決意は固まった。

# 第五章　義姉の淫らな攻略法

## 1

心を決めた拓弥。その決意は、一晩経っても少しも揺るがなかった。

多島家を継ぐと、一番最初に小春に伝える。小春は意外そうに驚いた。が、やはり拓弥に村に残ってほしいのが正直なところだったのだろう。心配そうに眉をひそめても、その表情の大部分は嬉しさが占めているように見えた。

「村の女性たちもきっと喜ぶでしょう。けれど、くれぐれも無理はしないでくださいね」

「うん、わかってる」拓弥は、胸を張って伝える。「小春姉さんが頭痛になっても、僕が治してあげるからね」

「え、ええ……」

小春の頬が赤く染まった。

「で、でも、あの……セ、セ、セックス」

自分の言葉に恥ずかしくなって、小春はうつむいてしまう。「……を、しなくても、いいんですよ？　精液を頂ければ、飲めば、治るらしいですから」

「それって、つまり……お口でしてくれるってこと？」

「そ、それは……そのときになってから、か、考えます」

顔はおろか、首まで真っ赤にし、小春はあたふたと逃げていった。

彼女は今、三十二歳なので、頭痛が始まるとしても数年後のことだろう。

だが、それまで待つつもりはなかった。そもそも、ただの治療行為で小春とセックスできても、それは拓弥の本懐ではない。

愛し合う男女となって、晴れて想いを遂げる――それが心からの願いだった。

（今の小春姉さんの反応から察するに、僕のことを少しは男として見てくれているようだな）

できれば、この夏休みの間に、彼女と結ばれたいと思っている。

（小春姉さんと僕は血が繋がっているわけじゃない。義理の姉弟ってだけなんだ。僕

が多島家の人間になったとしても、その気になれば結婚だってできるはず）
それにはどうすればいいか？
そのための案を頭の中で練り続けた――。

## 2

その週の日曜日。多島家当主の代替わりの継承式がいよいよ開かれる。

屋敷の母屋の大広間に村の女たちが集まった。その数は八十名に及ぶ。

村に住む女は、これで全員というわけではなく、大広間に収めるためにあらかじめ人数を絞ったとのことだ。

女たちの中には、巫女の幸乃、金田商店の一美、そして農家の嫁である楓の姿もあった。下は二十代、上は五十代の始めと思われる女たちが、二十人ずつの四列で、整然と座っている。よくぞこれだけの座布団があったものだと、拓弥は驚いた。

紋付きの羽織袴を着た拓弥は、時代劇に出てくる殿様のように、一段高い上段の間の中央に座らされ、女たちの視線を一身に浴びていた。

人から注目された経験などないので、喉がカラカラになるほど緊張する。上段の間の下手《しもて》には、着物姿の小春が座っており、彼女がそばにいてくれるのがせめてもの心の支えだった。

小春の反対側の上手《かみて》には、多島家の双子の姉妹である藤緒と孝緒がいて、進行は彼女たち任せである。学校の卒業式のような長々とした挨拶はなく、多島家の家宝だという由緒ある日本刀を藤緒から手渡され、それで形式的には当主の座が引き継がれたということになった。

「この刀は、八つ俣明神となられた若武者様の持ち物です。いわば、この村の象徴でもあります」と藤緒が言う。

「それを受け継いだ意味を、よく理解するのですよ」と孝緒が言う。

拓弥は深く頭を下げ、「はい」と答えた。村の女たちから拍手が上がる。

ちなみに、拓弥はまだ、戸籍上は多島家の人間ではない。双子の姉である藤緒と養子縁組をすることになったのだが、拓弥はまだ未成年なので、一応、家庭裁判所の許可が必要なのだそうだ。この手続きには数か月かかるらしい。

本来なら、養子縁組が正式に成立してから継承式をするべきだが、双子の姉妹は、それまで待ってはいられないと、新しい当主が決まったことを一刻も早く村の者たちに知らせたいと言い張った。時間が経って、拓弥が心変わりするのを危惧《きぐ》したのかもしれない。

「それでは次に、新たな当主となった拓弥を、ここにいるすべての女たちに披露しましょう」

藤緒がそう言うと、多島家の使用人である三人の女たちが上段の間に上がってきた。ここから先のことは拓弥も説明を受けておらず、なにが始まるのかわからない。

使用人の一人に促されて、拓弥は立ち上がる。と、失礼しますと言って、三人の女たちは、拓弥の羽織袴を脱がせ始めた。

「え……ちょ、ちょっと……!?」

あれよあれよと襦袢姿にさせられる。それでも女たちの手は止まらない。狼狽《うろた》える拓弥に、藤緒が言った。「落ち着きなさい。これも儀式の一つですよ」

とうとう裸にされ、ボクサーパンツも脱がされてしまう。

八十人もの女たちに股間を晒され、羞恥《しゅうち》に身体がカーッと熱くなる。下手に控える小春は頬を赤くしてうつむいていた。大広間は静まり返り、女たちは皆、目を光らせてこの先の展開を見守っている。

使用人の女たちの六つの手が、いっせいに拓弥の身体をいじりだした。左右の乳首をつまんでこねる手。フェザータッチで陰茎の幹を擦る手。雁首をさすり、亀頭を揉む手。内腿をくすぐるように撫でる手と、陰嚢の中の玉を優しく転がす手。

（こ、この人たち、こんなに上手だったのか）

巧みな手つきにみるみる羞恥心は掻き消され、拓弥は官能を高めていく。充血が強制され、瞬く間に股間のものは鎌首をもたげた。

初めてそれを見る女たちは、天を衝くような巨砲に驚きの声を上げる。すでにそれを知っている女たちは、薄笑いを浮かべて静かに頷いていた。

「準備が整いましたね」と、藤緒が言う。「それでは、これから一人ずつ順番に、拓弥の陰茎を咥えてもらいます」

それは新当主の披露というよりも、新当主のペニスを披露する儀式だった。

多島家の当主は、射精をすることが最も大事な仕事なのだから、その男根の大きさ、力強さは、村の女たちにとって重大な関心事なのであろう。

当主とのセックスは、頭痛の治療のためだけに行われるのではない。この村での数少ない娯楽でもあるのだ。もしも当主の持ち物が貧相だったら、女たちは落胆を禁じ得ない。

が、今この場に集まっている女たちの中で、苦い表情をしている者はいなかった。

皆、拓弥の若勃起にすっかり魅入られている。性に大らかであり貪欲なのが、この村の気風なのだ。

　女たちは年の順で座っているようである。そして拓弥は、下座の女の前へ連れていかれた。使用人の女の一人が説明してくれる。

「下座の方から順に、短い時間で次々と咥えてもらってください」

「ということは……全員に一回ずつ出さなくてもいいんですね？」

　拓弥はほっとした。八十人の女たちのすべてに口内射精するとなったら、とても一日では終わらないだろう。

「そのとおりです」と、使用人の彼女は言った。「ちなみに拓弥さまが何度射精されても、最後の方に咥えてもらうまでは続けていただきます。もしも萎えてしまうと儀式が中断してしまいますので、なるべくなら射精は我慢してください」

「……が、頑張ります」

　拓弥は後ろで手を組み、腰を突き出す。

　すると、拓弥と大して年の離れていなさそうな若い女が、膝立ちの格好になり、待ちかねたとばかりに大口を開けて肉棒に食いついた。

　早速、首を振って、反り返る屹立をチュパチュパとしゃぶる。

「うっ……く、く……」

それほどフェラチオに慣れていないのか、何度か肉棒に歯が当たり、微かな痛みが走った。ただ、瑞々《みずみず》しい唇のプリプリとした感触はなんとも心地良い。

時計で正確に計っていたわけではないが、だいたい十秒ほどで、拓弥は次の女の前に移動させられた。順番が回ってきた女は、嬉々として肉棒にしゃぶりつき、十秒後には切なげな声を漏らして肉棒を吐き出す。それが繰り返された。

（一人十秒として、八十人だから……な、何分かかるんだ？）

悠長に計算している余裕などない。ただ、こんな異常な状況でも、ペニスは素直に悦んでいた。女たちの口内は、舌の湿り具合や温かさまで、それぞれ微妙に違っており、また口淫の仕方にも、いろいろと特徴があった。

カクカクと小刻みに首を振る者、長いストロークでゆっくりと朱唇を滑らせる者、しゃぶりながら舌先で裏筋を責めてくる者、亀頭を舐め回す者、唇をひっかけるようにして雁エラを重点的に擦る者――。

前の女の唾液がたっぷりとまぶされた濡れ勃起を、女たちは気にもせずに咥える。唾液と肉棒が絡み合って生まれる淫臭に、むしろ官能を高ぶらせている様子で、うっとりと嗅ぎ惚れてから口淫に耽った。

途中で危なかったのは、楓の番になったときだ。上目遣いで媚びるように微笑む彼女は、元ソープ嬢のフェラテクを、たったの十秒間にふんだんに盛り込んだ。舌を這わせ、唇でしごき、さらには周りの女たちがびっくりするほどの音を響かせて肉棒を吸い立てる。バキュームフェラだ。

チュボボボ、ジュポッ、ズズズッ、ンボボボボボッ！

（か、楓さん、こんな技まで持っていたのか……う、うおおッ）

あともう五秒ほど続けられていたら、拓弥は精を漏らしていたかもしれない。どくどくと先走り汁をちびりつつも、尻穴に気合いを入れ、なんとか耐え忍んだ。

名残惜しげに肉棒を吐き出した楓は、拓弥だけに聞こえるように囁く。

「――また今度、飲ませてね。温泉で待ってるから」

その次の女は、口奉仕の動きがどうにもぎこちなく、おかげで拓弥は、肉悦の熱を多少なりとも冷ますことができた。

その後、楓ほどの巧者は現れず、フェラ儀式は着実に進んでいく。三十五歳の一美の番が過ぎ、四十歳の幸乃の番が過ぎ、そしてとうとう上座の女の前に立った。

ここまで七十九名の口舌による洗礼を受け、そろそろ三十分近く経っただろうか。これほどの時間、射精もせずに、ただ勃起し続けたのは初めてである。今や裏筋は絶えず引き攣り、膨れ上がった怒張が脈打つたびに鈍い痛みが走った。

（こ、この人で最後だ）

その女には見覚えがある。以前、頭痛のせいで起きられなくなっていた女だ。精液を飲ませるため、彼女の息子の嫁が、フェラチオで拓弥の肉棒を搾ったのだった。

アラフィフと思われる彼女だが、女として枯れた印象はなく、年相応の仄かな色気をその身にまとっている。顔の輪郭は柔らかく、それほど目立つ皺もなかった。

「ああ……若当主様のこれが、ずっと忘れられませんでした」

女は、恭しくペニスを咥え、首を振り始める。長年、夫のモノを咥え続けた成果か、落ち着いたストロークにもかかわらず、男のツボはしっかりと押さえた口使い、舌使いだった。

なめらかに幹をしごかれ、生温かいものがねっとりと亀頭を這い回る。

もしも当主になったら、頭痛を治すためとはいえ、亡き母親よりも年上の女性とセックスできるだろうか――と悩んだこともあった。が、どうやらそれは杞憂《きゆう》のようだ。彼女のフェラチオで射精感は確実に高まっている。

一度は射精の危機を乗り越えた拓弥だったが、さすがにもう限界は目前だった。呼吸は乱れ、額から大粒の汗が流れ落ちる。

そばに控える使用人の女に尋ねた。「あの、この人で最後だから……も、もう出しちゃっても……？」

使用人の女は小さく頷く。「はい、もう我慢していただく必要はありません。どうぞ、存分にお出しください」

「ふもっ……うむっ……ちゅぶ、ちゅぶ、じゅぶぶぶっ！」

最後の女は、さらに熱を入れて肉棒に奉仕し、当主の射精を促した。

拓弥はもはや我慢できない。いや、我慢する必要がないのだ。

煮え立つ射精感をそのまま受け入れ、下半身の力を抜く。途端に白濁液が、反り返るペニスの内部を駆け上がった。

「うぐっ、で……出るッ！」

腰の痙攣と共に噴射が始まると、アラフィフの熟女は両目を見開いた。三十分近くも耐え続けた射精の量は、彼女の想像を大きく超えていたのだろう。

すぐにゴクッゴクッと喉を鳴らすが、飲みきれなかった分が唇の端から漏れ、顎を伝ってボタボタとこぼれ落ちた。

彼女は、両手を皿にして、それを受け止める。やがて射精が終わり、拓弥がペニスを引き抜くと、掌に溜まった精液も綺麗に舐め取り、熟女はうっとりと呟いた。

「はふぅ、やっぱり搾りたては、すっごく美味しいわぁ……」

幸せホルモンで骨抜きになり、後ろに座る者に支えてもらわなければ、畳の上にひっくり返ってしまいそうになる始末。拓弥のザーメンの威力に、多くの者たちが息を呑んだ。

これにて口淫の儀式は終了——先ほどの家宝の継承のときよりもさらに大きな拍手が上がる。

使用人の女たちの手で、陰茎の汚れも綺麗に拭き取られ、拓弥は再び羽織袴を着せられた。

その後《ご》、大広間に会席膳が運び込まれる。八十人分なので、三人の使用人たちだけでは手が足りず、臨時に雇った者たち、そして小春も配膳に加わった。

「——お疲れ様でした、拓弥さん」

上段の間に膳を運んできた小春が、そっと拓弥に囁く。

「う、うん、ありがとう」

初恋の女性の前で、勃起姿はおろか、射精の瞬間まで見られてしまったのだ。拓弥は恥ずかしくて、彼女の顔をまともに見られなかった。

だが、小春も八つ俣村の女。拓弥のことを軽蔑した様子もなく、純粋に労をねぎらってくれているようである。

ちらりと見上げた彼女の顔は、微かに頬を染めて微笑んでいた。

全員分の膳が並ぶと、和やかな食事が始まった。あちこちから拓弥のペニスの感想が漏れ聞こえてくる。「大きいとは聞いていたけど、あれほどとはねぇ」「それにとっても長持ちよね。うちの旦那なんて早漏だから――」「先代の功さんの精液よりずっと効くんですって」「早く私も飲ませてほしいわぁ」

自分の下半身のあけすけな評価を聞かされ、拓弥は顔を赤くする。それを見て、特に年増の女たちが、まぁなんて可愛らしいと、また喜んだ。

なんだかからかわれているような気もするが、正直悪い気分ではない。大仕事をやり遂げた達成感と共に、いつも以上のご馳走に舌鼓《したつづみ》を打つ。

だが、継承式の淫靡な催しは、これでおしまいではなかった。

ふと気がつくと、上段の間の端の小春が、心配そうにこちらを見ていた。

## 3

食後のお茶も飲み終わり、すべての膳が下げられると、藤緒が言った。

「それでは最後の儀式を行います。よろしいですね、拓弥」

「はい」と、拓弥は頷く。正直なところ、まだなにかあるのか——という気分だった。しかし、すでに多島家を継ぐ覚悟は決めたのだ。やれと言われたことは、どんなことでもやるしかない。

孝緒が話を続けた。「いいでしょう。では皆さん、準備を始めてください」

その号令が下ると、大広間に集まった女たちは、近くにいる者同士、様子をうかがうように顔を見合わせた。一人が立ち上がると、他の者も次々に立つ。

そして、八十人が、いっせいに服を脱ぎだした。

（え……ええっ？）

拓弥は、啞然として言葉を失う。

多少恥ずかしそうにしている女もいたが、全体的には和気藹々《わきあいあい》とした空気で、痩せただの太っただの言い合いながら、ブラジャーを外し、パンティまでも脱いでいった。まるで女湯の脱衣所に迷い込んでしまったみたいな気分でいると、使用人の女たちがやってきて、またも拓弥は丸裸にされてしまう。

藤緒が言った。「さあ拓弥、ここにいる女たちの中から、一人、選びなさい」

「え……選ぶ？」

「その女と、今、この場でまぐわってもらいます」

八十名の女たちは、今や一人残らず全裸となり、乳房も尻もさらけ出して、座布団の上に座り直していた。皆、自分が選ばれるのを期待するように目を爛々と光らせ、新当主の言葉を待っている。

八十人の裸体が整然と並ぶ様は、余りに非現実的な光景だった。

百六十個の乳房は、釣り鐘型、ロケット型、お椀《わんがた》型、上乳が薄くて下乳がぷっくりと膨らんでいるもの、しずくのような形でちょっとばかり下に流れているもの——大きさも形も人それぞれ。乳輪のサイズ、乳首の彩りも十人十色だ。

胸に自信のある者は、自らの手で双乳を持ち上げてアピールする。そっと股を開いて、恥毛で拓弥の目を引こうとする女もいた。

どうやら、こうなることを知らなかったのは拓弥だけのようである。これが継承式の決まり事なのだと悟った。

(……わかったよ。選べと言うなら、選ばせてもらうさ)

だがその前に、拓弥には、村の女たちに告げねばならぬことがあった。

継承式の最後にでも言うつもりだったが、これから早速、多島家当主の務めを果たさなければならないというのなら、今が言うべきタイミングだ。

「では——選ばせてもらう前に、僕から皆さんにお願いしたいことがあります」

緊張で少し声が震える。拓弥が目配せをすると、藤緒と孝緒は小さく頷いた。双子の姉妹たちには、これから話すことの許可は事前に取っている。

ただ、小春にはまだ話してはいなかった。拓弥がなにを言い出すのかと、小春は少しばかり戸惑っている様子である。

八十人の女たちに向き直って、拓弥は言った。

「多島家の当主となったからには、頭痛やめまいで苦しんでいる皆さんのために、精一杯、頑張らせてもらうつもりです。どうぞ、よろしくお願いします」

パチパチと拍手の音が鳴る。拓弥は続けた。

「けれど、皆さんの頭痛を治すために、毎日、たくさんの……しゃ、射精をしていたら、さすがに身体が持たないと思うのです。だから、週に三日ほど、たとえば水、金、日は、治療を休ませてくれませんか」

途端に、大広間の空気がざわつきだす。

拓弥は、小春の顔を見た。彼女は、驚きの表情で拓弥を見つめていた。

村の女たちの中から鋭い声が上がる。私たちがいつ求めても、それを断らないのが多島家のご当主のお務めだったのでは？　と。

「確かにそう聞いています」と、拓弥は言った。「でも僕は、その決まりを変えたいのです。それが駄目なら、残念ですが、当主の座は退《しりぞ》かせていただきます」

エーッ！　と、悲鳴のような声が大広間に響き渡った。

騒然とする女たち。そんなの酷いわ、無責任だわと、非難の声も上がる。

だが、一人の女性が手を挙げると、やがて周囲の者がそれに気づき、ざわめきは収まっていった。

それは幸乃だった。八つ俣神社の巫女である彼女は、村の女たちから一目置かれているらしい。幸乃は静かに手を下ろし、凛とした声で女たちに話しかける。

「皆さんの気持ちもわかりますが、現に先々代は五十を迎える前に、先代の功さんに至っては三十歳の若さで亡くなっています。拓弥さんの心配は当然のことです」

そして、次に手を挙げたのは一美だ。

「功さんが死んじゃったとき、あたしは絶望したわよ。多島さんの跡取りは結局生まれなかったから、これからあたしの頭痛が始まっても、もう治してくれる人はいないんだって」

「す……すみません」小春が両手をつき、申し訳なさそうに頭を下げる。

「あっ、違うの。小春さんを責めてるんじゃないのよ」一美は慌てて手を振った。

「要するにね、せっかく頭痛を治してくれる人が現れたのに、また若死にされちゃったら、あたしたちだって困るでしょう？　ってこと。拓弥くんが現れたのは奇跡みたいなものよ。こんな奇跡、もう二度と起きないでしょうね」

もしも拓弥が子供を作る前に死んでしまったら、今度こそ多島家の血筋は絶えてしまうだろう。そうなったら、八つ俣村の女たちに頭痛を治す術《すべ》はもうない。

拓弥の提案に不満を表していた者たちも、冷静になって考えれば、納得せざるを得なかった。

成り行きを見守っていた藤緒が、一同に問いかける。「それでは、拓弥の提案に、皆さん、賛成してくれる——ということでよろしいですか？」

拓弥は、この週休三日の提案を、事前に双子の姉妹に打診していた。なにしろ、この村に長く続いた風習を変えてしまうのだから。

だが、藤緒も孝緒も、意外なほどあっさりと首を縦に振った。彼女たちも、兄や甥の早世に思うところがあったのだろう。ただし、村の女たちが皆、拓弥の提案に納得するなら——という条件がつけられたが。

そして今や、異議を唱える者はいなかった。拓弥は胸を熱くし、女たちに向かって深々と頭を下げる。一人、また一人と手を叩き、やがて割れんばかりの拍手となった。

上段の間の端に座る小春も、両手を大きく打ち鳴らしている。事前になにも聞かされていなかった彼女は、驚きと喜びに笑顔の大輪を咲かせていた。

「ありがとうございます！」拓弥は、女たちに向かってさらに言った。「あの……じゃあ、ついでと言ってはなんですが、もう一つだけ変更させてください。今からセックスするお相手を、一人じゃなくて、二人にしてほしいんです」

しかし、拓弥には3Pをするつもりはなかった。

「一人ずつ、順番にお相手していただきます。二人目のお相手は、集まってくれた皆さんの中から選ばせていただきますが、一人目は——」

幼い頃からずっと恋い焦がれていたその人の方へ、拓弥は振り向く。

「小春姉さん、僕とセックスして！」

「えっ……わ、私っ……!?」

「当主になって初めての相手は、小春姉さんって決めていたんだ」

拓弥は、己の全裸を隠すことなく、唖然とする小春に向かって歩み寄った。

今こそ、長年秘めた想いを告げる。「僕、小さい頃からずっと小春姉さんのことが好きだったんだ。小春姉さんに会いたくて、八つ俣村に戻ってきたんだよ。小春姉さんは、僕のこと、好きじゃない？」

駆け引きもなにもない真っ直ぐな告白。小春の顔が真っ赤に茹《ゆ》で上がった。「あ、あ、そんな……」小春は、まぶしそうに拓弥の裸から目を逸らす。

八十人分の興味津々の眼差し。おとなしい気質の小春は、悩ましく眉間に皺を寄せ――それでも、ついには答えてくれた。

「もちろん……私だって好きです……だ……大好きです！」

だが、悲しげに首を振る。「けれど……ああ、駄目なんです。私は、拓弥さんに抱かれるわけには……がっかりさせたくないんです」

「小春さん」と、双子の姉の藤緒が言った。

「多島家の当主となった拓弥が望んでいるんですよ。この村の女は、誰であろうとそれを断ることはできません。あなただって例外ではありませんよ。ねえ、孝緒さん」

「そうですとも、藤緒さん。さあ、あなたたち――」

孝緒が目配せをすると、使用人の女たちがすぐさま小春を取り囲む。さぁさぁと小春を立たせ、手際よく帯をほどき、みるみる着物を脱がせていった。

「ま、待ってくださいっ……あ、あ、やぁん！」

六つの手が、瞬く間に小春を生まれたままの姿にしてしまう。

「ああぁ、そんな……」小春は、両手で、胸元と股間を隠した。

これまでにない高ぶりを感じながら、拓弥は、彼女の両の手首をつかむ。「見せて、小春姉さん」

しばらく抵抗していた彼女も、やがて観念して腕の力を抜いた。拓弥は、彼女の両腕を広げさせ、隠されていたものを明らかにする。

「うわぁ……凄く綺麗だよ、小春姉さんの身体。それにとってもエッチだ」

「エッチだなんて……あぁ、は、恥ずかしいです」

小春の裸体は、三十を過ぎているとは思えぬほどに若々しく、すらりとしていた。が、それでいて腰のラインは実に女性的で――そして乳房は、スマートな肢体とは不釣り合いなほどの豊かさで実っている。そのギャップが、想像以上の官能美を生み出していた。

同性から見てもそれは魅力的らしく、大広間のあちこちで溜め息が漏れる。

「スタイルは昔のままなのに、オッパイはあの頃より大きくなったね。何カップ？」

「え……Hカップ、です……あ、あぁんっ」

十二年前にはまだ勃起を知らなかった拓弥のペニスは、今や隆々とそそり立っていた。沸き立つ欲情に支配され、丸々とした下乳を鷲づかみにし、滅茶苦茶に揉みしだく。つきたての餅のように柔らかい。

ピンクの突起に乳輪ごとしゃぶりつき、上下左右に舌でねぶり倒した。充血してコリコリになったら、次は反対側を咥え込む。

「やぁん、ダメ……あっ、あっ、ジンジンしちゃいます」

女体が熱を持ち、その香りも濃くなった。甘ったるい、ミルクのような匂いが、双丘の谷間からムンムンと噴き出す。

拓弥は、左右の勃起乳首を指でこね回しながら、肉の狭間に顔を突っ込み、馥郁《ふくいく》たる芳香を胸一杯に吸い込んだ。同時に、乳肉の感触を左右の頬でも堪能する。

とうとう小春は立っていられなくなり、上段の間に倒れてしまった。仰向けになって、乱れた呼吸に身体を揺らす。拓弥は、彼女の足下に膝をつき、なめらかな曲線を描くコンパスの片方を持ち上げた。

「あっ……な、なにを……ひゃうんっ」

足の裏をねろりと舐める。小春はビクビクッと身を震わせた。構わず拓弥は舌を這わせ続け、指の一本一本もしゃぶっていく。

「はううっ……いけません、拓弥さん……そんな汚いところ……！」

「平気だよ。小春姉さんの身体なら、どこだって舐められるよ。うん、美味しい」

「イヤあぁん、美味しいなんて……あ、あ、あうっ」

指の股にもしっかりと舌を差し込み、仄かな塩加減を愉しんだ。当然、反対側の足も丹念に味わい、それから舌を上らせていく。ふくらはぎを経て、張りのある太股を舌先でくすぐると、股の内側がピクッピクッと引き攣り、そのたびに艶めかしい筋が浮き出た。

そしてついに——愛撫は脚の付け根まで到達する。小春は、性懲《しょうこ》りもなく股間を手で隠していた。拓弥自身の手でどうにかしてもいいが、

(そうだ、僕はもう、多島家の当主なんだ)

使用人の三人の女たちが、すぐそばに控えていた。拓弥は彼女たちに命令する。

「あの、小春姉さんの手をどかしておいてくれませんか？」

「かしこまりました」

すぐさま女の一人が動いた。未だ恥じらいを捨てきれない小春の手を、ゆっくりと力強く引き剝がす。綺麗にトリムされた恥毛が露わとなり、太腿の付け根に肉のスリットが垣間見えた。

せっかくなので、残りの二人の女たちにも命令する。それぞれに小春の脚を持ってもらい、女体が二つ折りになるまで押し倒してもらった。マングリ返しの格好で両手も両脚も押さえ込まれた小春は、身をよじって悲哀の声を上げる。

「あぁん、こんな格好、イヤ、イヤぁ、恥ずかしすぎます」

懸命に股を閉じようとする小春だが、使用人の女たちがそれを許さず、逆に肉の亀裂は大きく開帳された。肛穴の窄《すぼ》まりまであからさまとなる。

拓弥は、震える指で二枚の花弁をつまみ、左右に目一杯広げた。

実に伸縮性に富んでいて、最初は小さくまとまっていた媚肉が、左右の土手からはみ出すほどの大輪の淫花となる。色のくすみは少なく、その中心は鮮やかなサーモンピンク。

そしてその下には、多島功が嵌め狂ったという女穴が、微かに蠢きながら息づいていた。

(うおおぉ、これが……これが、小春姉さんのオマ×コ……!)

思春期の拓弥が、何度となく夢想してオナニーのネタにした、初恋の女性の秘部。ついに目の当たりにし、異常なほどの感動と興奮で心臓が大暴れする。

若竿はフル勃起をさらに超えて膨張し、芯から甘美な痺れが止めどなく湧き上がった。幹を伝った先走り汁が陰嚢まで濡らして、今にも畳に滴り落ちそう——。

拓弥は、たまらず女の股ぐらに顔を突っ込み、上品な塩味の媚肉をベロベロと舐め回した。甘酸っぱい濃厚な香りに脳髄が痺れ、理性が薄れて、飢えた獣の如く舌を使う。

包皮を剝いて、頰がへこむほどにクリトリスを吸引する。電気ショックを受けたかのように小春の腰が跳ね上がり、痙攣した。

「ひぃいッ、そ、そんなに強く吸われたら……きゃううッ！　も、もげちゃう」

膣穴からトロトロと蜜が溢れ出せば、すかさず拓弥は、唇を当ててすすり立てる。

パンパンに膨らんだ肉芽のスイッチを指で押しまくり、湧き出る淫水で喉を潤した。

「ほうっ、おううっ、飲んじゃ、ダ、ダメですぅ……んひぃ、クリ、やめっ……つ、つままないでくださぃイィ！」

親指と人差し指で挟んで、勃起クリトリスをシコシコと擦る。尖らせた舌先で膣口をほじくり返し、蜜肉を直に味わう。ヨーグルトのような風味に、わずかな苦みが混ざり合った、なんとも複雑な大人の味覚である。

「アアーッ、ダ、ダメえっ……ふ……ふひぃぃ」

身動きの取れない小春は、腰を戦慄かせ、狂おしく髪を振り乱すことしかできなかった。仰向けになって柔らかに形を変えた美艶の巨乳が、まるでゼリーのようにプルプルと揺れている。

「も、おおうっ……それ以上は……赦して、拓弥さん……あ、あ、拓弥さぁんッ」

大広間の奥まで届くほどの喘ぎ声——それは悲鳴であり、水飴のように甘く蕩けた嬌声でもあった。間近で聞き、絶えず鼓膜を震わされた拓弥は、呪文をかけられたかの如く、官能をみるみる高めていく。

「あっ、うっ、ひぃん……んおっ、おおぉ……あ、あーっ……あぁぁあぁんッ」

「れろ、れろれろっ、ちゅちゅちゅー っ！ ちゅぶちゅぶ、んじゅるるるっ！」

大勢の女たちに見られていることも忘れ、夢中になって女陰への口愛撫に励んだ。このままイカせてやろうとすら思った。

だが、次の瞬間、アクメの大波に呑み込まれていたのは——拓弥の方だった。

気づいたときには射精感が限界を超え、堪える間もなく放出が始まる。

「あっ……ううゥウッ!?」

ビクンビクンと肉棒が跳ねるたび、水鉄砲のように鈴口からザーメンが噴き出した。小春の尻に多量の白化粧を施し、畳の上にもヌメヌメした白線を引く。

(う、嘘だろ、こんなこと)

まだ一擦りもしていないのに、媚肉を舐め、女の蜜をすすっていただけで——さながら失禁の如き射精だった。

新当主のお披露目も兼ねた継承式だというのに、その最後の儀式で、童貞のような失態を演じてしまったのである。泣きたいくらいに恥ずかしかった。が、

「気に病むことはありませんよ、拓弥」

これから拓弥の養母となる藤緒が、上段の間の隅で居住まいも美しく、そして慈愛の笑みを浮かべている。「あなたのせいではありません。どうやら薬が効きすぎてしまったようですね」

「く……薬？　いったい、なんのことですッ？」

藤緒の隣で、孝緒が妖しく微笑んでいた。「食後にお茶を飲んだでしょう？　あれに媚薬を入れておいたのです。少々、量を多めにしてしまったようですが」

ほら、ご覧なさい――と言われて、拓弥は初めて気がつく。

大広間に奏でられる女の淫声は、小春のものだけではなかった。村の女たちが、今や発情した牝の顔となり、己の乳房や股間の割れ目をはしたなく指でいじっていた。一美や楓、そして巫女の幸乃も。

「こ、これは……!?」

媚薬とやらは、彼女たちが飲んだお茶にも混ざっていたようだ。

若い女から熟れ女まで、八十人がいっせいに胸を揉み、乳首をつまみ、女陰をさすって、膣穴に指を抜き差し――肉欲に囚《とら》われ、悩ましく自らを慰めている。

その姿に圧倒されつつ、拓弥は双子の姉妹に尋ねた。「い……いったいどうして、こんなことを？」

「昔からの儀式の決まりだからです。皆で乱れれば、八つ俣明神様もお喜びになることでしょう」と、藤緒が言う。「それに、もしも儀式の途中であなたの精力が尽きてしまっては困りますから――ねえ？」

「ええ。この媚薬には強精作用もありますので、何度果てても、あと三、四時間は勃起が続くでしょう。女が気をやるまで儀式は終わりませんよ。さあ、頑張りなさい」

二人の女は、揃って穏やかな笑みを浮かべていた。

にもかかわらず、拓弥は、彼女たちからいいようのない迫力を感じる。当主が不在の間も、この多島家を守り続けてきた女たちの凄みだろうか。

「わ、わかりました」

確かに若勃起は萎えることを知らず、むしろ射精する前よりも大きく、荒々しくそそり立っていた。そして小春の肉裂は充分すぎるほどに蕩け、白蜜が尻の谷間にまで流れている。

拓弥の頭の中は再び情欲で満たされた。小春の股ぐらの前に膝をつき、ぬかるんだ肉の窪地に鎌首をあてがう。

「いくよ、小春姉さん」愛しい人の顔を真っ直ぐに見つめた。

「あ、や、拓弥さん、待って、待ってください……やっぱり私、こんな、大勢の人たちに見られながらなんて……は、恥ずか、シィイインッ！」

今さら拓弥に待つ気などない。話を聞き流しつつ、小春の上に覆い被さり、膣口に亀頭を潜らせるや、体重を乗せて一息に巨砲を打ち下ろした。

「ううぅ、待ってって、言ったのにイィ……あ、あうぅぅんッ」

ペニスは根本まで完全に埋まり、膣底に亀頭がめり込んでいた。

小春は、恨めしそうな声を出しながらも、熱く爛れた膣壁で、入り込んできた肉棒を力一杯ハグしてくる。

(うっ……うわ、なんだ、このオマ×コ!?)

今度は拓弥の方が驚かされた。膣路を埋め尽くす肉襞が、それぞれ意思を持っているみたいに蠢き、ペニスに絡みついてきたのだ。

まるでぬかるみに潜んでいた線虫が、亀頭や肉竿の表面に張りついて這いずり回っているかのよう。おぞましくも甘美な感触に、ゾクゾクと全身が粟立《あわだ》つ。

おとなしそうな小春が、よもや体内にこんな淫猥な器官を隠し持っていたとは――しかし、いつまでも戸惑ってはいられない。拓弥は、意を決して腰を持ち上げ、真上から肉杭を叩き込んだ。

「んひぃ、お、奥までぇぇ……おっ、おっ、お腹に響くぅ……う、ウウーッ」

徐々に嵌め腰を加速させれば、ジュポッジュポポッという下品な音と共に、膣口の隙間から恥蜜が飛び散る。

小春の美貌は紅潮し、額は汗で濡れ光っていた。頭を左右に振り回して怒濤のピストンに苦悶している。

それでも拓弥は、容赦なく肉の楔を打ち込んだ。雁首が、裏筋が、竿のあらゆる場所が、蠢動する膣襞と擦れ合う。差すたびに、抜くたびに、ペニスの芯からムズムズするような摩擦快感が湧き上がった。

(なんて気持ちいいんだ！　小春姉さんは、がっかりさせたくないなんて言っていたけど——がっかりなんてとんでもない！)

これが小春の亡夫である多島功を夢中にさせた理由、命すら惜しくなくなるほどに男を嵌め狂わせたものの正体なのだと、拓弥は悟った。

頭痛を治すという目的で、今日までに二十人近い村の女たちと交わっていたが、これほどの快感をもたらす膣壺は初めてだった。夢中になって腰を振っているうち、射精感はどんどん膨らんでいく。

だが、ピストンは緩めない。まずはとことん全力で責めまくり、女殺しのザーメンを小春に体験してもらうのだ。彼女を多幸感の淵に沈めてからが、拓弥のセックスの真骨頂である。

「ぐっ、くうっ……だ、出すよ、小春姉さん……ウウッ！」

深々と差し込み、膣路の最奥でザーメン弾を爆《は》ぜさせる。

小春は首を仰け反らせて呻いた。「あぁぁ、あううぅ、す、凄い量……三度目なのに、いっぱい出てます……あっ……あーっ、まだ出てるぅ」

ブルブルと悩ましく腰を震わせるが、しかし、まだ達してはいない様子。

拓弥は呼吸を整えながら、小春の腋に目をやった。使用人の女に両腕をつかまれ、万歳の格好で拘束されている今、彼女の腋の下は無防備に晒されている。

その窪みに鼻先を押し当て、拓弥は深呼吸をした。

「あぁん、イヤ、イヤぁ、そんなところの匂い、嗅がないでくださいぃ」

「ふーっ、すーっ……凄くいい匂いだよ」

酸素と共に、極上の牝フェロモンを吸引することで、疲労した肉体は細胞レベルで活性化される。ついでにレロレロと舐めて塩分も補給した。

「ひゃううッ……く……くすぐったいですぅ……ら、らめエェ」

拓弥のザーメンが効いてきたのか、小春は酔っ払いのように舌をもつれさせた。

（幸せホルモンの効果で、今の小春姉さんは、とてもいい気分のはず）

今度こそイカせる覚悟で、拓弥は抜かずの連続嵌めに挑む。腰を跳ね上げ、いきなりのトップスピードで抽送を再開させた。

「ひぎィ！　ああ、あっつい……そんなに激しくされたら、アソコが、燃えちゃう……めっ……めくれりゅウウゥ」

猛然と腰を叩きつければ、バスケのドリブルの如く女尻が跳ねまくる。

拓弥は、ポルチオの急所へ、ひたすら肉の拳をぶちかました。子宮がひしゃげてしまうほどに、渾身の力を込めて。

「はっ、はっ、ヒーッ……も……もう本当に、赦ひて拓弥さっ……ああっ、らめぇ、らめなのオォ——むぐっ」

この期に及んで、まだ交わりから逃れようと哀訴する口を、拓弥はキスで塞《ふさ》いだ。

「んっ……ねえ、今のは僕のファーストキスだよ。僕の初めてを小春姉さんにあげたくて、今日まで取っておいたんだ」

小春は、えっ？　と、目を見開く。

やがて真っ赤に染まった美貌がトロトロに蕩けた。「ああ……ほ、本当れすか？　拓弥さんの初めてのキス、私なんかに……う、嬉しい、れすっ」

拓弥はもう一度唇を重ねる。今度は舌を差し込み、彼女の口内を舐め回し、唾液の仄かな甘みを味わった。

キスの仕方はわからなかったが、本能のままに舌を動かせば、彼女も柔らかな粘膜を絡みつけてくれる。ヌチャヌチャと擦れ合う甘やかな快美感に脳髄が溶けてしまいそうだ。

上の口で交わりながら、拓弥は、なおいっそう嵌め腰にも力を込めた。肉棒の付け根まで深々と挿入し、お互いの下腹部が激しくぶつかり合うたび、拓弥の恥骨が、膨らみきった剝き出しの陰核を圧迫する。押し潰す。

「んーッ！　ううーッ！　む、むぅ……んおおおッ！」

目を白黒させる小春。押さえ込まれた両腕、両脚がブルブルと痙攣する。

が、そんな荒々しい抽送は、拓弥自身も追い詰めた。口づけに喜ぶように、小春の女壺はキュッキュッと小気味良く収縮する。しかも、拓弥のザーメンを吸い込んだ膣肉は、さらに激しく、狂ったように襞を蠢かせていたのだ。

肛門を締め、激悦に耐え続けていた拓弥だが、とうとうそれにも限界が来た。陰嚢は固く引き締まり、睾丸から溢れ出た子種汁が、前立腺を打ち破らんと圧迫する。

（ぐおおおぉ……だ、駄目だッ）

たまらず拓弥は腰を止めてしまった。

キスを解いて、肩で息をし、必死に射精感を冷ます。情けない気分だった。

(小春姉さん……感じては、いるんだよね……?)

しかし、なぜか小春からは、アクメに達する気配を感じない。彼女を絶頂に導くイメージがまるで湧いてこなかった。このまま、いくら続けても——。

と、双子の姉妹が、唐突にしゃべりだす。

「やれやれ、どうやら功の言っていたことは本当だったようですね。覚えていますか、孝緒さん?」

「ええ、もちろん。酒に酔ったとき、あれが自慢げによく言っておりましたね。〝小春はもうまともな身体じゃない。あいつをイカせられるのは俺だけだ〟と」

「お……叔母様がたッ!」

途端に小春の顔色が変わった。

4

「おやめください、拓弥さんの前れ、その話はぁ……!」

ろれつが回っていないが、小春は真剣に訴える。

だが、藤緒も孝緒も揃って首を振った。

「小春さん、あなたが気をやらないと、いつまで経っても儀式が終わりませんからね。諦めなさい」

「さあ、拓弥や、小春さんの肛門をいじってあげるのです」

「は……？」拓弥は耳を疑った。「こ……肛門を？」

多島功が、双子の叔母たちに語ったところによると——彼は、小春の肛門を徹底的に責めまくったという。小春が嫌悪感を露わにしても、異常なまでに執着し続けた。後ろの穴専用の淫具や、怪しい成分を含んだ薬用クリームなど、様々な趣向を凝らして、妻の肛門を毎夜の如く弄んだそうだ。

口では拒み続けても、小春の身体は次第に刺激に慣れ親しみ、やがては肛悦の目覚めに至る。夜の営みが三年も続けば、とうとうアナル感覚なしには絶頂を得られぬようになってしまったそうだ。

「ほ……本当なの、小春姉さん……？」

小春の顔から血の気が引いて真っ青になる。それから、すぐに真っ赤になった。

「う、嘘れす。それは……そう、功さんの冗談だったんれすぅ。どうか本気にしないでください。ね？」

引き攣った微笑みは、狼狽えている証拠にしか見えない。小春は、昔から嘘をつくのが下手な性分なのだ。

（お尻の穴、か……）

とはいえ、いきなり未経験のアナルセックスに挑む度胸はなかった。拓弥は結合を解くと、ペニスに代わって中指を膣穴に差し込み、よく掻き混ぜてから抜く。

なおも小春には恥辱のマングリ返しを続けてもらい——精液と愛液がたっぷりと絡みついた指で、仄かな褐色の菊門をそっと撫で回した。

「ひゃあん！　い……いけません、拓弥さん、そんなところを触ってはァァ」

途端に肉の窄みはキュキュッと収縮する。美しい放射状の皺を指先に感じながら円を描けば、小春は、今までにない甘ったるい悲鳴を漏らして、艶めかしく腰を戦慄かせた。

「らめぇ、んおぉおぉ……ら、らめなんれすうぅ！」

裏腹な嬌声に拓弥は確信を得る。グッと力を込めると、果たせるかな、中指はたやすく菊門を潜り抜けた。

「あうぅんッ！　イヤあぁ、そんなことしちゃらめぇ」さらに赤く染まった顔を、小春は左右に振り回す。「お尻の穴をいじるなんて、拓弥さんにそんな変態行為をさせてしまったらぁ……な、亡くなったご両親に申し訳が……あぁぁ、入ってくりゅうぅ！」

排泄《はいせつ》器官といえど愛しい人の身体の一部。少しも汚いとは思わない。内部は膣壺以上に熱く火照っていて、その感触はゴム管のように柔らかく、ツルツルしていた。

これがアナルの触り心地かと、密かな興奮に浸っていると、使用人の女の一人が拓弥に耳打ちしてくる。「拓弥さま、肛門の一番敏感な場所は――」

そのアドバイスに耳を傾け、拓弥は早速試してみた。中指の第一関節を鉤状に曲げ、菊座の穴の縁にひっかけるようにしてグイッと引き抜く。

「んひぃいぃん！　それはらめ、本当にらめなんれすウウゥウ！」

「これがいいんだね？　こう？　こう？」

肛門の裏側、そこがアナル感覚における一番の急所なのだそうだ。排泄時の心地良さに通じる愉悦というと、拓弥にもなんとなく想像できた。

差しては、ひっかけて抜き、それを繰り返す。ときおり、指をひっかけた状態で手首を回転させ、グリグリと穴の裏側の肉を擦り立てた。

「あぁっ、あぁっ、それ、はひぃ……んぐっ……んんんーッ！」

拓弥の指を、膣口以上の力強さで締めつけてくる後ろの肉門。

気がつけば、小春の乱れ方が先ほどまでとは変わっていた。今の彼女からは、アクメの気配を確かに感じる。「小春姉さん、イキそうなんだねっ？」

「あ、あうぅ……くうぅぅ」

小春の美貌が、観念したように眉尻を下げた。それだけで拓弥は充分に理解し、初恋の人の肛門を、いっそう激しくほじくり返す。

屈曲位での交わり、幸福ザーメンの中出し――小春の官能は充分に高まっていたのだろう。イキそうでイケない、ギリギリの状態でストップしていたのだ。

今、肛悦という、最後の一押しが加えられた。

「ひいぃい、もうらめ、イキますッ！　イクうううーッ!!」

三人の女たちでも押さえ込めなくなりそうなほど、小春の身体はガクガクと打ち震える。万力の如き肛圧で、ギュギューッと中指が締めつけられ、押すことも引くこともできなくなった。

やがて嵐が去った後のように、小春はぐったりと全身を弛緩《しかん》させる。

初めて見た彼女のイキ様に、拓弥の情欲は猛《たけ》り狂った。唇の端からよだれを垂らし、なかば白目を剥いた卑猥なアヘ顔も、普段のしとやかな雰囲気との落差から、たまらなく扇情的だった。

「もういいよ、ありがとう」と、使用人の女たちを離れさせる。拓弥は、小春の身体をひっくり返し、未だアクメの余韻に震えている腰をグイッと持ち上げた。

上半身を突っ伏した女豹のポーズにさせてから、かつてないほどに怒張した巨根をズブリと女陰に差し込む。

「た……拓弥さんッ……もう……私、イキましたから……儀式は終わりに……」

弱々しく訴えかけてくる小春。しかし今の拓弥は、ゲームの攻略法を知った子供のようなもの。やらずにはいられなかった。

ペニスを引き抜くと、その根本まで、たっぷりの本気汁にぬめっている。拓弥は、濡れ光る亀頭を肛門にあてがい、すぐさま力一杯押し込んだ。

「オオオッ！　ふ、太いイイィ！」

蕾《つぼみ》のようにぴったりと閉じていた肉穴が、驚くほどの伸縮性で大口を開き、太マラを丸々と呑み込んでいた。

拓弥は緩やかに腰を前後させる。やはり締まりは強烈だ。

（うっ、ううっ……こ、この食いつきは、幸乃さんのアソコにも負けてないっ）

直腸の肉壁はさすがに締めつけてこなかったが、肛門のみのピンポイントな圧力ゆえに、しごかれている感覚が実にはっきりとしている。雁首への愉悦は特に垂涎ものだった。

「おお、んほぉおっ、こんなに凄いの、初めてれすっ……んああ、お尻の穴が、め、めくれちゃウウウッ！」

肉棒を抜くとき、肛門の裏側が擦れるのが最も気持ちいいらしく、小春はピュッ、ピュッと潮をちびらせて悶え狂った。どうやら軽く絶頂したようである。

倒錯の肛悦に酔いながらも、小春は悲哀の混じった涙声で嘆く。「あぁぁん、我慢してたのに……こんな私、拓弥さんにだけは知られたくなかったのにイィ……はひーッ、き、気持ちいいイイイン！」

「小春姉さん……お尻が好きなのを隠すために、僕と距離を？」

「そ、そうれす……ほんとは拓弥さんに抱いてほしかった……けど、おおっ、お尻で悦ぶ女だなんて……幻滅されたくなくてぇ……あっ、うぐうううッ！」

アナル感覚がなければイケない。かといって、イッたふりをして拓弥を欺《あざむ》きたくもなかった。小春は、拓弥に抱かれた女たちを羨みながら、ずっと葛藤し続けていたという。

拓弥は嵌め腰を加速させ、より激しく肛穴を擦り立てる。「そんなのッ、全然気にしなくて良かったのに！　お尻の穴で感じる小春姉さん、大好きだよ！」

「はぐうう～ッ！　い、いいんれすか？　こんな卑《いや》しい身体の女を、拓弥さんは愛してくれるんれすね？　ヒッ、ヒイッ、私、ううぅ、嬉しいィ！」

拓弥の胸中は熱いもので満たされていた。十二年越しの初恋が、今ようやく叶ったのだ。この歓びの瞬間を、永遠に残しておきたいと願う。

自慰に耽り、中には女同士で慰め合っている、八つ俣村の女たち――彼女らに向かって、多島家の当主として呼びかけた。「皆さん！　携帯でもなんでもいいので、カメラを持っていたら、僕たちを撮ってください！」

すると半数近い女たちが、スマホを手に、上段の間の前へ集まってくる。

まるで結婚式の披露宴におけるケーキ入刀のシーンのよう。女たちは、助平《すけべ》な笑みを浮かべてレンズを向けてくる。早速、カシャカシャと撮影の音が鳴り響いた。「あの小春さんが、お尻の穴でねぇ」「まあ、凄い。あのおっきなオチ×チンが根本まで――」「ねえ、これ、動画でも撮っておいた方がいいわよね？」

「イヤあぁあ、らめ、らめれす！　皆さん、撮らないれええぇッ！」

小春は悲鳴を上げ、両手で必死に顔を隠す。が、拓弥はそれを赦さなかった。

「駄目だよ。これは正直に言ってくれなかった小春姉さんへのお仕置きでもあるんだから。ほら、アナル嵌めで悦んでる顔もちゃんと写してもらわないと」

「あ、やめっ……イ、イヤぁ、恥ずかしイイィ！」

拓弥は、小春の両手首をつかみ、馬の手綱《たづな》のようにグイッと後ろへ引き寄せた。羞恥に歪んだ美貌がレンズに晒され、小春は狂おしく背中をくねらせる。

（ああ、恥ずかしがってる小春姉さん、なんてエロいんだッ）

猛然とピストンし、腰を美臀に叩きつけた。肛穴の縁がストロークに合わせて出たり引っ込んだりする様も実に卑猥で、牡の衝動が煮えたぎる。

ただ、抽送が激しさを増せば、その分、摩擦熱も高まった。潤滑剤の追加として、口の中に溜めた唾液を垂らしていく。滴り落ちた唾液は、白い肉丘の谷間に流れ込み、やがて結合部を潤す。

ヌッチュヌッチュ、ズチュッズチュッと、下品な肉擦れの音が響き渡った。きっと動画にもしっかりと録音されているだろう。

「あうっ、おうっ、拓弥さぁん、私、もう、もうゥウッ……！」

「イキそうなんだね？　うん、うん、アナルセックスでイクところを僕に見せて！　ほーらッ、ほらほらッ！」

肛門への嵌め方も、だいぶコツがつかめてきた。素早く抜くことを特に意識して、ねちっこく、かつ淀みなく、メリハリの利いたストロークで佳境を演出する。

それは同時に拓弥自身の射精感も追い込んだ。相手を悦ばせるほどに自らの性感も高まっていく——これがセックスの理想なのだと悟り、その愉悦に浸りながら嵌め腰を最高潮に回転させる。

「は、ひっ……わかりましたぁ……あ、あ、いいぃ……わ、私が、お尻でイッちゃうところ、お、おおうぉ……見て、くらさいッ……私の全部、拓弥さんに、お見せしま……うううーッ！」

女体はおびただしい汗にまみれ、膣穴からも淫水が滴り、畳に大きな染みを広げていた。拓弥の鼻腔を満たす甘やかな牝フェロモン——。

だがそれは、小春のものだけではない。拓弥と小春の肛門性交をオカズに、集まった女たちも官能を高ぶらせ、片手にスマホを構えながら、もう片方の手で己の陰部をいじくり回している。すべての女たちから発散される催淫物質は、大広間を濃密に満たし、拓弥だけでなく、彼女ら自身も狂わせていた。

（ああ、頭がクラクラする。けど、気持ちいい……気持ち良すぎる！）

幸乃の膣圧、一美の名器、楓のテクニック——それらにも勝る激悦に、頭がどうにかなりそうだった。いや、あるいは、もうおかしくなっているのかもしれない。

止まらないカウパー腺液、ジンジンと痺《しび》れる裏筋。少しでもこの瞬間を引き延ばしたくて、折れんばかりに奥歯を噛み締める。

「アーッ、イク、イク、拓弥さんのオチ×チンでッ――」

畳に美巨乳を押し潰し、顔を突っ伏したまま、小春は震える掌を強く握り込んだ。その直後、彼女の括約筋《かつやくきん》がギュギュギュギューッと緊縮《きんしゅく》する。

「イイイッ……グゥうううーッ!!」

「うおお、し、締まるッ……ぼ……僕もオオオッ!!」

かつてない絶頂感に呑み込まれ、意識が飛びそうになりながら、尿道口からジェット水流の如き精液を噴き出していた。

これで何度目の射精だったか、今の拓弥にはわからないが、一番搾りと大差ない量と勢いのザーメン浣腸《かんちょう》だった。

「はわあぁ、出てる、出てます、お腹の中いっぱいに……ああ、あああぁぁぁ」

ピュピュッ、ピューッと、小春は盛大に潮を噴く。その後、力尽きたように横向きに倒れた。

ペニスが抜け落ちた後の肛門は、剛直の名残を惜しむように、ぽっかりと大口を開けていた。アナル嵌めの摩擦により、さすがに穴の縁が赤く腫れている。

肉の栓が抜けたことで、奥の方から、コンデンスミルクの如き濃厚な白濁液が逆流してきた。拓弥はそれを見届けると、満足な気分で大の字に倒れる。

(やっと小春姉さんと結ばれたんだ……)

儀式は未《いま》だ終わっておらず、これからあともう一人抱くという約束だ。だが、しばらくは、この胸一杯の歓びに酔いしれる。

股間では、なおも隆々とペニスが屹立を続けていた——。

# エピローグ

夏休みが終わると、拓弥はいったん実家に戻った。

八つ俣村から大学に通うとなると、片道だけで六時間近くかかる。一限の授業に間に合わせるのは現実的に不可能なので、卒業するまでは、馴染みのある実家に住み続けることにした。

多島家当主の務めを果たすことも難しくなったが、これぱっかりはしょうがないと、村の女たちも理解してくれている。ただ、藤緒と孝緒の二人からは、間違っても留年などしないようにと、きつく釘を刺された。

こうして拓哉は、大学生としての日常に戻る。

だが、その生活は、以前とはまるで違っていた。

その日も拓弥は、一日の授業を終えると、真っ直ぐに帰宅した。かつては友達と喫茶店に寄ったり、ゲームセンターで遊んでからようやく帰路に就いたものだが——。

亡き両親と暮らした一戸建ての我が家に到着し、玄関の扉を開ける。

と、その音を聞きつけて、すぐに居間から人の足音が近づいてきた。

「おかえりなさい、拓弥さん。今日もお疲れ様でした」

「ただいま、小春姉さん」

現れたのは、顔いっぱいに微笑む義姉だった。愛しい人の出迎えを受けて、授業の疲れなどいっぺんに吹き飛ぶ。

二人の顔が近づき、瞳を閉じて、唇を重ねた。お決まりとなった、おかえりのキス。拓弥は上下の唇で、小春のぷっくりとした下唇を挟む。引っ張ると、プルンと弾けた。小春もやり返してくる。

舌を相手の口内に潜り込ませ、絡み合わせ、唾液の交換をした。拓弥は、仄かに甘い液体で喉を潤し、熱っぽく乱れる小春の鼻息に官能を高める。

やがて唇の交わりに満足すると、銀糸を引きながら唇を離した。

（ああ……好きな人が家で待っててくれるって、なんて幸せなんだろう）

拓弥が実家に戻ることを決めたとき、小春の方から申し出てくれたのである。モジモジと恥じらいながら、「私もついていっていいでしょうか……？」と。

もちろん断る理由などなかった。寺岡家にやってきた小春は、料理や掃除、洗濯まで、拓弥の生活の面倒をすべて見てくれる。蜜月の如き同棲が始まったのだ。

朝、目が覚めればキスをし、出かける前にもキスをする。大学から帰宅したときは、たかだか半日ほど会えなかっただけなのに、なんとも情熱的に唇を求め合った。

そして、お決まりとなった出迎えの行為は、これだけでは終わらない。「さあ、小春姉さん、今日もよろしくね」

「……はい、それでは……し、失礼します」

小春はポッと頬を染めると、玄関の上がり框で膝立ちになった。未だ拓弥は靴を脱いでいない。一連の行為が終わるまで、家には上がらないと決めているのだ。

小春の手が、拓弥のズボンのファスナーを下ろす。ボクサーパンツの穴を掻き分け、中からペニスをそっと引っ張り出した。

先ほどのディープキスで、すでに五分勃ちほどの陰茎。小春は、形の良い鼻を亀頭にくっつけて、犬の如くクンクンと牡臭を嗅いだ。

「くふぅん……拓弥さんの匂い、大好きぃ」

うっとりと小春は頬を緩める。そしてペニスの根本を握り、ソフトクリームを舐めるように、張り詰めた亀頭へ、青筋を浮かべる幹へと舌を這わせた。

愉悦の細波にピクッピクッと屹立が跳ねる。牡の味を充分に堪能すると、小春は、上品な口を精一杯に広げて、肉棒を咥え込んだ。早速、首を振り始める。

「んむっ、んむっ、んふーっ……ちゅぷっ、ちゅぷぷっ」

固く締めた朱唇が雁首や幹を摩擦し、ヌメヌメとした舌は、先ほどのディープキスと同じ要領で亀頭に絡みついてきた。

（おうう……小春姉さんのフェラ、ほんとに上手になったなぁ）

彼女の最初のフェラチオは、はっきり言って拙いの一言だった。亡夫の多島功は、どうやらものを教えるのが下手くそだったようである。小春の口奉仕に、ただただ文句を言うばかりだったそうだ。

拓弥は、実際にしゃぶってもらいながら、どうすれば男が悦ぶのかを丁寧に説明した。ときには、ＡＶのフェラチオシーンを見ながら練習してもらった。きちんと教えれば、小春の口使い、舌使いは、メキメキと上達する。また、小春としても、愛する男のペニスなら喜んで咥えられるのだそうだ。

今では、スムーズに首を振りながら、肉棒の付け根に手コキを施すこともお手の物である。拓弥は、高まる射精感に腰を震わせた。

「こ、小春姉さん、イクよっ……はっ、はっ……うっ……ウウウウッ！」

若牡のエキスを大量にほとばしらせる。小春は、艶めかしく眉根を寄せて、それをゆっくりと嚥下していった。その間も、ペニスの裏筋をしごき上げ、心地良い射精ができるだけ長続きするように手助けしてくれる。

やがて吐精の発作は収まり、この後にお掃除フェラをしてもらえば、小春の〝お出迎え〟は完了となる──のだが、今日の拓弥は、普段よりも淫気が高ぶっていた。一回出した程度では、まだまだ気が収まらない。

そのことを伝えると、上目遣いの困り顔で小春は言った。「で、でも……帰ってきたばかりでお疲れでしょう？　お腹も空いてるでしょうし……そ、そう、今夜はカレーですよ？」

小春は、拓弥の体調をなによりも心配しているのだ。その気遣いはとても嬉しいが、盛りのついた年頃の拓弥としては、三度の飯よりセックスなのである。

「わかったよ、小春姉さん──」ほっとした顔の小春に、拓弥は言った。「じゃあさ、ちょっとパンツを見せてくれる？」

「え……!?」

「もしも小春姉さんのアソコが濡れてなかったら、今は我慢するよ。だから、さあ、スカートをめくって、僕に見せて」

顔を真っ赤にしてまごまごする小春。幸せホルモンが効いてきても、彼女の恥じらいはそう簡単にはなくならない。

だが、惚れた弱みで、結局は拓弥の命令に逆らえなかった。立ち上がってスカートの裾をつかみ、おずおずとめくり上げる。

すらりとした白いコンパスに次いで、パンティのデルタ地帯が現れた。

そこは陰毛や恥丘の地肌が透けてしまうほどに、ぐっしょりと濡れそぼっていた。

拓弥は中腰になって、まじまじと観察する。「うわぁ……なぁんだ、小春姉さんも、僕のチ×ポをしゃぶって、エロい気分になっていたんだね」

「ち、違います、これは、そのぉ……」小春のろれつがだんだんと怪しくなってきた。「拓弥さんのキシュが、とっても素敵だったからられ……あ、ひゃあんっ」

靴を脱ぎ散らかして玄関から上がり、背負っていたリュックを放り投げ——拓弥は、小春の濡れパンティを問答無用でずり下ろす。なかば強引に片足を抜かせ、もう片方の足首にひっかけた状態にした。

小春の背中を壁に預けさせ、対面立位でズブリと挿入する。すぐさまピストンを開始し、突き上げた肉槍で膣奥を抉りまくった。

「はっ、はっ、ひっ……あ……あぁん、ら、らめぇぇ」

女体が揺れ、豊艶なる胸の膨らみが弾む。拓弥は、小春の胸元を露わにするべく、カットソーの裾を大きくめくった。ホックを外してブラジャーもずり上げ、Hカップの生巨乳にむしゃぶりつく。肉蕾が硬く充血するまで、左右交互に舌で転がし、甘噛みを施した。

「あ、あっ、いやあぁん」と、小春は切なげに悶えた。女壺の肉襞の一枚一枚が、より活発に、より複雑に蠢きだす。

だが、彼女をオルガスムスまで追い詰めるには、これだけでは足りない。拓弥は、右手の中指を、小春の口内に突っ込んでしゃぶらせた。たっぷりと唾液に濡れたら、それを彼女の美臀の谷間に潜り込ませ、肉の窄みにねじ込む。

「んひぃ、お、おひりィ！　あぁ、どっちの穴にも拓弥さんが入ってるぅぅッ」

後ろのスイッチを入れた途端、小春は背徳の快楽に乱れ狂った。

指とペニスで二穴をズボズボと責め立てながら、拓弥もまた、義姉の嵌め心地に奥歯を嚙む。早くも陰嚢内で二発目の装弾が始まる。

だが――このときの拓弥はまだ知らなかった。

八つ俣村からの訪問者が、この家に向かっているということを。

拓弥は、毎週土曜日に八つ俣村に向かい、日曜日にまた寺岡家へ戻ってくる。村にいる間に出したザーメンは瓶に保存し、それを頭痛に悩む女たちに与えていた。

しかし、たったの一日で一週間分の精液を溜めることはできず、使い切れば、次に拓弥が行くまで、村の女たちは頭痛を我慢するしかない。

そこで多島家の藤緒と孝緒が相談し、新たな方法を考えた。水曜日に、八つ俣村の人間が寺岡家を訪れ、ザーメンの補充をすることに決めたのだ。

その役目に選ばれたのは——巫女の幸乃と、金田商店の一美。

彼女らに課せられたノルマは、射精十回分の精液である。

そんなことになっているとは露《つゆ》とも知らず、拓弥は、肉棒が蕩けてしまいそうな愉悦に浸りつつ、ミミズ千匹の名器を刺し貫き、ポルチオを穿ち、かつ肛穴を指で掘り返した。美貌を仰け反らせ、小春が断末魔の叫びを上げる。

「あーッ、イクッ！　拓弥さんのオチ×チンれ、私、イッちゃいますぅ！　イク、イク、イックうううぅんッ!!」

「うおおぅ、僕も、出すよ！　小春姉さんのオマ×コに……お、お、ウウウッ!!」

裏筋を引き攣らせ、尿道口から子種汁の濁流を噴き出す拓弥。あまりの激悦に頭の中が白く溶けていく。しばし快感以外の感覚を忘れる。

やがてくたくたと女体に寄りかかり、汗だくの顔を美巨乳に埋めた。荒い呼吸を繰り返し、谷間に籠もる甘い香りを胸一杯に吸い込む。すると小春の腕が、拓弥の頭を優しく抱き締めた。

そのとき、ピンポーンとチャイムが鳴る。

それは淫らな夜宴の始まりを告げる鐘の音だった——。

（了）

※本作品はフィクションです。作品内に登場する
団体、人物、地域等は実在のものとは関係ありません。

# まぐわい村《むら》の義姉《あね》

〈書き下ろし長編官能小説〉

2020年9月30日初版第一刷発行

著者……………………………………………九坂久太郎

デザイン………………………………………小林厚二

発行人…………………………………………後藤明信

発行所……………………………………株式会社竹書房

〒102-0072　東京都千代田区飯田橋2－7－3

電　話：03-3264-1576（代表）

03-3234-6301（編集）

竹書房ホームページ　http://www.takeshobo.co.jp

印刷所…………………………中央精版印刷株式会社

定価はカバーに表示してあります。

乱丁・落丁の場合は当社までお問い合わせください。

ISBN978-4-8019-2402-4 C0193

## 好評既刊

長編官能小説
# 人妻痴女くらべ
庵乃音人　著

「こんなに淫らな女でごめんなさい…」快楽に乱れまくり、一線を越える人妻たち！　気鋭が描く刺激的淫乱エロス。

680円

長編官能小説
# おねだり民宿
美野　晶　著

土砂崩れで山奥に取り残された女だらけの民宿で、青年は快楽の日々を過ごす…！　俊英の描く田舎まぐわい長編。

680円

## 次回刊行案内

長編官能小説
# ふしだら近所づきあい（仮）
―書き下ろし―
梶　怜紀　著

俊英が描く熟女と淫乱娘たちの艶姿！
2020年10月5日発売予定!!

ふとしたことから中年男はご近所ハーレムを味わう…

680円